鴨志田 一
Hajime Kamoshida
插畫 溝口ケージ
illustration Keji Mizoguchi
U0025967
櫻花莊的
寵物
女孩
7.5

CONTENTS

Kadokawa Fantastic Novels

每個人都在戀愛。

櫻花莊的寵物女孩
學生會長的皓皓女孩（上）

現在回想起來，那大概就是所謂的一見鍾情吧。

進入水明藝術大學附屬高校後迎接的第一個文化祭。

對站在大學音樂廳舞台上的她感到傾心。

1

休息時間從教室走出來的學生們，在走廊上貼出期末考名次的布告欄前鬧哄哄的。

到處傳來像是「第一次進前五十名，上面有我的名字」、「名次掉得亂七八糟」，或是「這跟一天到晚在補考的我無關」之類的談話。

學生會長館林總一郎與人群稍微保持距離，帶著不痛快的表情望著名次表上自己的名字。

第九名。

絕不算太差的名次。在一個學年有超過三百名學生的水高，絕對算名列前茅，可說是值得誇耀的成績。

即使如此，他的表情還是很不開心，因為這對他而言，是有史以來最低的名次。入學以來至今……到二年級第二學期的期中考為止，明明都一直維持在第二名……期末考卻從這個固定位置大幅下滑了。

相對於如此的總一郎，這次第一名也理所當然是同一個名字。

上井草美咲。

這個位置自入學以來從沒讓座過，儼然就是這個學年的絕對王者。

「第九名啊，你這次可輸得真慘啊。」

來到站在窗邊的總一郎身邊的，是一位身材修長的男學生。端正的五官，很適合知性的眼鏡。他是已經連續兩年跟總一郎同班的三鷹仁。

「只是這次狀況稍微不佳而已。」

「學生會長知道狀況不佳的原因嗎？」

仁輕佻地把手放在總一郎肩膀上。

「因為我太過於意識要贏上井草了。本來念書就不是考慮勝負才做的事，而是為了自己才要念書的。」

「真是有學生會長風格的模範答案啊。」

對於總一郎的回應，仁受不了似的嘆了氣。

總一郎馬上把仁的手撥開。

「真是冷淡啊～～」

仁即使如此說著，臉上依然帶著竊笑。

老實說，總一郎很討厭仁這個同班同學。早上經常遲到，還有中午過後才來學校的情況。而且，脖子上還有吻痕……

對於總是注意要提早五分鐘行動，甚至沒在走廊上奔跑過的總一郎而言，仁擁有完全不同價值觀的悠哉。而且從沒看過他在考試前特別用功念書，卻有每次考試名字都會被列在名次表上的能力，所以才更讓人討厭。

這次也是，仁的名字在第三十九名。

包含他的聰明在內，像是把人吃死死般的態度，實在是惹人厭。現在也是這個樣子。

「模範答案有什麼不好。」

「世界上有些問題是無法照教科書解答的。」

「為什麼我要聽三鷹你講得一副很懂的樣子。」

「因為我比你還了解你的內心啊。」

「那你倒是說說看啊。」

「你不後悔？」

「我討厭你這個拐彎抹角的態度，都叫你趕快說了。」

「那我可真是失禮了。」

笑容並沒有從仁的臉上消失。他還是維持相同的態度。

「是不是因為學生會長啊，最近老是想著某個人的關係呢？」

仁若無其事般如此說道。

「什麼！」

還想繼續抱怨的總一郎，受到突如其來的攻擊而語塞。腦中所浮現的，是一位女學生的臉孔。她是有一頭柔軟蓬鬆的短髮，總是戴著大大耳機的音樂科學生……

對於總一郎的反應，仁挑起單側眉毛，彷彿在說「我沒說錯吧」。

「我、我才沒有在想姬宮！」

「我沒說是誰啊？」

總一郎察覺自己剛剛自掘墳墓，也很清楚自己已經面紅耳赤。

「啊！不，不是，才不是！」

明知現在才否認已經太遲，卻還是反射性冒出這些話。

「算了，單戀也該適可而止，別影響學業。」

「……我、我知道。我很清楚我配不上她。」

「咦？我剛剛是叫你趁早告白，然後開始交往的意思喔。」

「我說你，調侃我有這麼開心嗎？」

「如果是學生會長，要兼顧戀愛與學業應該是游刃有餘吧？」

「我說，你到底在說什麼？」

「我是說，既然已經單戀了一年，也差不多該讓對方知道你的心意了吧。」

「你、你為什麼會知道？」

沒想到自己一見鍾情會被別人發現。

「那當然是因為去年文化祭，我目擊某人對站在音樂廳舞台上的女孩一見傾心的瞬間啊。」

「……」

已經無從辯解，超越了羞恥，只感到愕然。

「學生會長還記得那個時候我就坐在你旁邊吧？」

「啊，嗯。」

「你已經不記得我那時叫了你好幾聲吧？」

「……嗯。」

「反正就是這麼回事。」

「……」

總一郎還清楚記得那一天的事。只不過還留在記憶裡的，只有在舞台上演奏鋼琴的一位女學生的身影。

那是距今約一年前……總一郎還是一年級生時的事。

2

進入水高迎接的第一個文化祭，懷著很忙碌的感想來到最後一天第七天。

總一郎身為文化祭執行委員，從事前的準備就開始東奔西走，即使在活動期間，時間也都被委員會的工作與班上活動輪值占據。

也正因如此，雖然沒有自由活動的空閒，卻有種比任何人都有成就感的實質感受。

真正有了自由時間，是在最後一天的下午之後。總一郎從學校的頂樓眺望文化祭的模樣。

「水高的文化祭果然很驚人呢。」

不但與水明藝術大學共同舉辦，也和車站前的紅磚商店街合作進行，因此水高的文化祭已經是地域性的祭典，而且還持續一整個星期。

蒞臨的人數不但每年遞增，除了學校相關人員與本地人之外，也有遠道而來的客人，熱鬧非凡。

由頂樓看到的景象當中，有帶著宣傳看板繞行校舍的布偶裝隊伍，也有臉上畫了小丑妝、挑戰踩球的學生。校園裡到處都是人潮，充滿了笑容與歡笑聲。

去年目擊這個場景，成為決定報考水高的契機，對於這樣的總一郎而言，現在自己正置身其中，實在令人感慨萬千。

臉部表情自然放鬆了。

就在這樣的總一郎身後，有人出聲叫了他。

「喔，副會長。」

不用回頭，腦中已經浮現對方的臉孔。是同班同學三鷹仁。

「我還沒有當選成為副會長喔。」

總一郎轉身的同時如此回應。

水高的學生會選舉，在大活動——也就是文化祭期間舉行。投票結果當日開票，每年都在最後一天當作祭典的一環公布結果。接著，文化祭結束後進行交接，新的學生會便開始運作。

還有大約一個半小時……下午三點，今年總一郎參選副會長的學生會選舉投票結果即將出爐。因此，總一郎過了中午就覺得冷靜不下來，為了轉換心情才一個人來到頂樓。

沒想到現在仁卻在旁邊，一臉若無其事地靠過來。

「三鷹，領帶要打在上面。」

一看到仁鬆散的領口，總一郎如此指正。

「副會長還是一點都沒變，腦袋真硬啊。不愧是曾經被美咲取綽號為鑽石腦袋的人。」

仁彷彿想起當時的事，低聲笑了。

「我可是花了整整三天才駁回那個綽號，別再讓我回想起來。」

「以美咲為對手居然還能堅持三天，實在是值得稱讚。不愧是副會長。」

「我剛剛說過了，我還不是副會長。」

「不然，我就像平常一樣叫你總一郎？」

「我跟三鷹什麼時候交情好到可以直呼名字了？」

「你的話真是讓我大受打擊呢。」

雖然嘴上這麼說，卻完全看不出受打擊的樣子。

「三鷹你幹嘛老是纏著我？」

「你是想說像我這樣輕佻的人，應該跟正經八百的副會長合不來才對嗎？」

總一郎也很不會應付仁的這一點。即使沒有全部詳細說出口，仁卻都能挑出對話背後蘊含的意義，彷彿連內心都被看穿似的，感覺不太舒服。

大概是察覺到總一郎不愉快的心情，仁站到頂樓的圍籬邊，將視線朝向因文化祭而熱鬧喧騰的運動場。

「還留有一點痕跡呢。」

苦笑的仁看著的，是使用畫線筒在運動場上描繪的圖。那是文化祭的第一天，美咲未經申請許可就擅自畫的作品巨熊畫，大約長五十公尺、寬八十公尺。

沒有任何草稿，美咲甩開追上來的老師與執行委員，一邊徒手畫出來了。總一郎身為執行委員之一，也曾試圖阻止美咲的暴行，不過途中就察覺她是在畫圖，最後也就只是在旁邊看著。

花了大約一個小時完成的作品，可說是經典之作，吸引許多觀眾，美咲也受到了掌聲與喝采。美咲就是擁有輕易便突破道理與常識，抓住人心的力量。

「你的青梅竹馬到底是怎麼回事啊？」

到國中為止，從沒遇過像美咲這樣的人。不但完全不聽人講話，而且行動力非比尋常，才以能拿美術科獎學金的身分入學，卻又因為上課老是在製作動畫，好像又被剝奪了這個權利……而且竟然還比總一郎更會念書，簡直就是未知的生物。

「如果我說她是外星人，你會接受嗎？」

「這倒是比相信她同樣是人類要來得容易多了。」

「哈哈，這我有同感。」

仁發出聲音哈哈大笑。

沉默之後，對話一度中斷。

兩人並肩站在柵欄前，不經意看著地上畫的痕跡。

「我倒覺得我跟副會長滿合得來的。」

仁突然如此說道。

總一郎瞬間不知道他在說什麼，不過立刻察覺是對剛才自己提問的回答。

「哪裡合得來了？」

總一郎不感興趣地反問。反正仁也不會認真回答正經的話題……

相對於總一郎，仁彷彿輕輕致意般說著：

「像是覺得班上的男同學『真是幼稚啊～～』這一點。」

總一郎被乾脆地刺中本以為絕對安全的內心深處，心臟激烈跳了一下，一陣刺痛竄了出來。

「……」

身體老實做出反應，總一郎對仁怒目而視。

「別露出那麼可怕的表情嘛。」

「你為什麼會這麼認為？」

「哎呀，你不否認啊？」

「我現在是在問你問題。」

「倒也沒什麼特別的理由啦。看就知道了，副會長是以鳥瞰的角度看事物吧？也可以解釋為只懂得這樣看事物，所以也是從旁邊的角度看自己。」

「……」

「也就是說，你是依據外在的價值觀生存的人，所以只會照著教科書的模範解答回應，是如同周遭期待的優等生。不過也因為這樣，以副會長的情況來說，不管進行多少交談也不會太深入，而且也不讓別人涉入太深，結果彼此都不知道到底哪些才是真心話囉。」

「看不到真心話這一點，我要原原本本奉還給三鷹。」

「所以我不是說了嗎？我跟副會長很合得來。」

仁故意露出得意的笑容。

「別再叫我副會長了。」

就像要改變話題似的，總一郎提出第三次指正。

「只要再過一個半小時，選舉的結果就會出來了，所以應該無所謂吧。」

「這是什麼理由啊？也有可能落選啊。」

「我可是還特地投票給你呢，怎麼能落選啊。」

「你投票給我嗎？」

老實說很意外。比起仁投票給自己，仁會乖乖去投票這件事更讓人覺得意外……

「身為朋友代表，當然要投票囉。」

「我並沒有把三鷹當成朋友代表。」

「你講的話真是叫人覺得落寞耶。」

與說出口的話相反，仁乾笑著，當中並沒有真心話。

「不過你當選的時候，能不能利用副會長的權限廢除宿舍門禁，做為投一票給你的回禮？」

「你老是無故外宿才被流放到櫻花莊，事到如今已經來不及了吧？」

「這麼說也是啦。」

「三鷹你是為了講這種無聊的事才特地跑來嗎？」

「不，我還有其他目的。」

「說吧。」

「我來邀請副會長一起約會。」

對於如預料般說出不正經發言的仁，總一郎當然是投以銳利的眼神。

被仁帶來的地方，是大學校區裡的音樂廳。

最多可容納約六百人，據說擁有國內首屈一指的音響設備，也會出借一般音樂公演，是水明藝術大學引以為傲的多用途設施之一。

總一郎踏進會場時，席間已經坐滿了八成，因談話聲與氣息讓空氣喧鬧不已。

「喂，三鷹。」

總一郎出聲叫喚，便看到仁像是在找人一般環顧會場。

「喔，找到了。」

「找到誰啊？」

「美咲啊。」

回答得極其理所當然的仁，快步往前走。

「上井草在哪裡啊……」

這個環境並不是視線大致掃過一遍就能找到特定人物。現場看來大約有五百人。

總一郎沒辦法，只能跟著仁走。走到很前面的地方，總一郎這才終於發現美咲的背影。

她坐在前面數來第三排的座位上。

「美咲。」

仁出聲叫喚，美咲奮力回過頭來，大大揮舞著雙手。

「這邊！這邊！」

看來她似乎先幫忙占了位置。

三人以美咲、仁、總一郎的順序並肩就座。

話說回來，仁竟然能在這種狀況下輕易找到美咲的蹤影。總一郎感到不可思議似的看著仁。

「幹嘛？」

仁如此問道。

「沒事。」

「喔，是嗎？」

「比起這個，你也差不多該說明為什麼要帶我來這裡了吧。」

「是皓皓喔，副會長！」

回答的人是美咲。

「連妳也這樣啊，上井草。我跟三鷹說過了，我還不是副會長。」

「提起精神來，副會長！」

完全沒在聽。

「你一定會當選的啦～～！」

「妳有什麼根據……」

「我投票給副會長了喔。」

美咲自信滿滿說道。

「然後等你當選時，就要利用副會長的權限，把學校改造成機器人喔～～！」

「我問的明明是根據。況且，機器人又是什麼啊……」

就連現在的小學生也不這麼說了。多虧如此，總一郎只感到越來越虛脫無力。

無法理解美咲的思考迴路，在各層面都太自由奔放了。毫不在意旁人的評價或批判，不畏懼與周遭格格不入的美咲，是與總一郎完全相反的生物，實在叫人難以理解。

「事情就是這樣，是皓皓喔。副會長！」

副會長的事就先不管了。雖然要是落選就太悲慘了，不過即使在意也不能拿美咲怎麼辦。

相較之下，現在倒是比較在意「皓皓」這個單字。因為自己的個性遇到不了解的事物就會沉靜不下來。

「三鷹，把剛剛上井草的話翻成日文。『皓皓』是什麼東西？」

「你馬上就會知道了。」

看來仁也覺得被美咲耍得團團轉的總一郎很有趣，所以完全不可靠。

只是就如同仁所說的，答案很快就揭曉了。

——接下來，在上個月舉行的全日本音樂比賽，學生鋼琴組獲得第三名的水明藝術大學附屬高校音樂科一年級姬宮沙織同學的凱旋演奏會即將開始。

「是皓皓耶！」

美咲往前探出身子。

自然爆出如雷的掌聲。不過，立刻又像串通好似的停下來，十秒後會場便陷入一片靜默。寂靜。

緊繃的緊張感支配整個會場。

在這之中，聽到了一個腳步聲。

喀噠喀噠在地板上前進。

從舞台邊走出來的，是一位身穿漆黑禮服的女學生。蓬鬆柔軟的短髮，看起來像剛睡醒亂翹般可愛。然而，她挺直了背脊，凜然的五官看來很成熟。原以為她的年紀應該較大，不過剛才的廣播說她是一年級生，也就是跟總一郎同年。跟仁與美咲也一樣。

無法乖乖相信，因為同年的學生身穿禮服，無所畏懼、落落大方站在舞台上的樣子，對總一郎而言毫無現實感。

她站到鋼琴旁邊，優雅地向會場行禮致意。

接著確認椅子的位置，在鋼琴前面坐下。

才看到她把手指放到鍵盤上，沒有任何信號與預備動作，就開始彈奏起優美的音色。

還沒做好心理準備的總一郎，首先是對於演奏開始的方式感到吃驚。

那是連對古典音樂不熟的總一郎也知道的曲子。雖然想不起曲名，但確實是蕭邦的樂曲。

每一個音符都顯示出存在感，卻又刻劃著協調的節奏。

腦袋的運作只到此為止。

意識集中在樂曲上，把心交給她彈奏出的音色裡。

感情豐富彷彿歌唱般，她彈完了第一首曲子。

眾人為她的演奏鼓掌。

總一郎也自然送上掌聲。雖然隔壁的仁似乎正在說些什麼，不過總一郎並沒有聽進腦袋裡。

這個時候，總一郎的所有意識都已經被舞台上的女孩奪走。

演奏會在三首曲子後結束。結束時總一郎才知道，這些演奏曲聽說都是比賽指定曲。

演奏結束之後，總一郎還有些茫然恍神，樂曲還留在腦海裡，視網膜烙印下身穿禮服演奏鋼琴的她的身影。

「怎麼樣啊，副會長！皓皓很棒吧！」

美咲像是在說自己的事一般誇耀著。

「為什麼上井草那麼引以為傲的樣子啊？」

「因為皓皓是我的朋友啊！」

如此斬釘截鐵說著的美咲露出滿臉笑容。總一郎驚訝得說不出話來。

不過，對她的發言感到有些在意，而對於會與美咲交朋友的人到底是什麼樣的人物，也單純感到興趣。

「那麼，我們走吧。」

仁不管還在準備接下來的演奏曲目，率先站起身來。

「要去哪裡？」

「當然是去休息室囉！」

美咲用力回應。

總一郎一步接一步被美咲與仁帶到音樂廳後台。在沿著舞台形狀劃出弧線的走廊上有幾間個別房間，這就是演奏者的休息室。

沙織的休息室在最裡面。門上除了演奏時間表，也貼了名字。美咲沒敲門就以踢館的氣勢打開門，而且還不由分說就衝進房裡。

「麻煩了～～！」

「唔哇！美咲？現、現在不行！不要抱住我！」

休息室裡傳來很大的聲響。

站在門口的總一郎感到在意，便看了一下房裡，出乎意料的光景映入眼簾。

沙織似乎正在換衣服，全身只穿著內衣褲。她一副不應該出現的姿態被美咲推倒，腳不停掙扎著。

「黑色的啊。」

旁邊的仁仔細觀察房裡。

「會穿黑的是因為要是不配合禮服顏色，就會透出來啦！」

沙織大概是在辯解，冒出這樣的說明。

「你到底要看到什麼時候啊！」

總一郎立刻拉住仁的手臂，離開門口。離開前還不忘關上門。

過了一會兒，聽到上鎖的聲音。

「美妙的演奏之後，還能看到美妙的景色，真是太好了呢。」

「你在說什麼？」

總一郎不理會尋求同意的仁，內心忘不了剛才刺激的光景，心臟撲通撲通跳個不停。

「你沒看到嗎？真可惜啊。那可是難得一見的美少女裸體呢。」

「明、明明就有穿內衣褲吧！」

總一郎反射性如此回答，仁便露出竊笑。

總一郎的視線自然變得銳利。

「別那麼生氣嘛。」

「我只是受不了你的態度而已。」

這時，休息室的門打開了。

從禮服換回制服的沙織露出似乎在鬧彆扭的表情，向美咲與仁抱怨不滿。沙織脖子上戴著大大的耳機，商標名稱印有「HAUHAU」。看來這似乎就是綽號的由來。

大概是察覺到視線，總一郎首次與沙織目光對上。

「呃～～咳咳……」

他刻意清了清喉嚨。接著——

「跟你應該是第一次見面吧。我是音樂科的姬宮沙織。」

沙織說著伸出手來要求握手。

「啊，嗯。」

「請叫她皓皓喔！」

就在這時，美咲跑進來攪局，與沙織握手也被從旁打斷。對於這樣的美咲，沙織嫌麻煩似的把她推開並如此強調：

「要是叫我那個綽號，以後就再也不跟你交談囉。我會全力無視你的存在，竭盡全力。」

看來她似乎不喜歡這個綽號。不過，對總一郎來說這根本就不重要。看到她穿著內衣褲的樣子，是不是應該道歉……不對不對，應該不要拿出來當話題對她比較好吧……總一郎全速動腦思考著。

「我、我會記住。我叫館林總一郎，是三鷹的同班同學。」

「嗯，我知道你的事。」

「是這樣嗎？」

總一郎提出疑問。

「會在考試名次表上看到你的名字，而且又是下一屆的副會長。」

沙織如此回應。

「我還沒當選……」

這個話題也是。今天已經不知道是第幾次了。

「這麼說也沒錯，初次見面就讓你看到那麼難看的樣子。如果你能忘掉，我會很開心。」

「啊、不……」

總一郎不知道在看到女學生穿著內衣褲的樣子後，該說些什麼才好。雖然試著想了許多，卻還是沒有結論，說不出體貼的回應，只能閉上嘴。

「要他忘記是不可能的喔。皓皓把健全高中男生的腦袋當成什麼了？對吧，副會長。」

「別把我跟你混為一談。」

「嘴巴上這麼說，我看你一回想起來臉都紅了喔。」

「要是我真的臉紅了，那一定是因為我對三鷹感到憤怒！」

「副會長對我有這麼深厚的感情啊。真叫人害臊呢。」

「我揍你喔。」

總一郎做出握拳的姿勢，仁便誇張地拉開距離。

「兩位的感情真好啊。」

「還好啦。」

「哪裡感情好了？」

仁與總一郎同時說出相反的話。

「喂、喂，你跟我只是玩玩的嗎？」

「不要說噁心的話，害我都冷起來了。」

「真是無情啊。算了，就當作現在是我單相思好了。」

「這種話也不准說。」

「果然感情很好呢。」

沙織暗暗笑了。

「都是你害我們被笑了。」

「能讓妳覺得開心是我們的榮幸。」

「我跟皓皓是好朋友喔！」

美咲抱住沙織，手摸著她的胸部。

「啊……啊！美咲，別害我發出奇怪的聲音。」

沙織再度用力把美咲推開。

「我還沒補給今天的皓皓喔！」

「不要創造這種奇怪的營養素。真是的……」

對於女孩們的互動，實在讓人很難插話。

「那麼，我想吃鯛魚燒！」

雖然搞不懂哪裡來的「那麼」，不過美咲發出宣言後就牽起沙織的手。

「等、等一下，美咲！這樣跑很危險啦！」

美咲完全不聽沙織說話，以猛烈衝刺的速度往外跑了出去，很快便看不見兩人的身影，就連沙織的慘叫聲也在通道的另一頭逐漸遠去。

「那麼，我們也走吧。」

「走去哪？」

「去吃鯛魚燒囉。」

「為什麼連我都非去不可。」

「總比一個人在頂樓心神不寧好吧？」

「……」

不會吧。

「你是因為這樣才來找我的嗎？」

不過，仁並沒有回答。

「不快點走的話，美咲可是會買斷鯛魚燒喔。」

他如此說著，快步走了出去。

這時也不能悶不吭聲就消失，總一郎往仁的背影追了上去。

縱貫大學校地的林蔭道因人潮而擠得水洩不通。道路兩旁像廟會般並排著攤位帳篷，章魚燒、鯛魚燒、炒麵、大阪燒、糖葫蘆、棉花糖等，諸如此類的食物應有盡有，絡繹不絕的客人，熱鬧而擁擠。

因為處於連要筆直前進都有困難的狀況，所以光是買鯛魚燒就費了不少工夫。

眾人拿著好不容易到手的鯛魚燒，先離開了林蔭道。

「皓皓的是什麼口味？」

「我的是普通的紅豆。」

總一郎也一樣，美咲是奶油，仁則挑戰了抹茶紅豆口味。

「皓皓，給我吃一口。」

「我是無所謂啦……美咲，真的是一口喔？只有一口喔？」

話都還沒說完，美咲就大口咬了沙織拿在手上的鯛魚燒。

「啊，等等！美咲！」

美咲的嘴巴離開後，沙織手上只剩下鯛魚燒的尾巴。紅豆被吃得一乾二淨，就像炸魚被吃完後剩下的慘狀。

「我的鯛魚燒……」

沙織憤恨地看著完全變了樣的鯛魚燒。那個樣子與在舞台上落落大方彈琴的她完全不同，帶著同輩女孩應有的表情。總一郎的視線忍不住被吸引過去。

「不嫌棄的話要不要吃我的？我還沒吃過。」

總一郎說著把鯛魚燒遞出去。

「真的嗎！」

沙織的表情一下子明亮起來。

「不，可是，要是我拿了，你就……」

然而又欲言又止。

「這樣的話，一半就好。」

總一郎用手剝開鯛魚燒，把填滿紅豆的頭像是硬塞給沙織般遞過去。

「謝謝。」

「不，不，這沒什麼。」

沙織喃喃說著「好好吃」，很幸福地吃著鯛魚燒。連總一郎都覺得幸福了起來。

「館林同學人真好。」

「雖然別有居心就是了。」

走在後面的仁一臉若無其事地說著。

「別有居心？」

沙織歪著頭。

「三鷹，別把我跟你相提並論。」

總一郎一臉受不了地看著仁，仁則聳聳肩開玩笑。

「看來是還沒有自覺。」

「你在說什麼？」

「只是在自言自語。」

「接下來要吃章魚燒囉！要從攤位的這一頭稱霸到另一頭喔～～！」

美咲一個人快速衝了出去，仁也隨後追上，所以總一郎沒辦法問他剛剛話中的含意。

沙織在總一郎身邊，一點一點品嚐鯛魚燒。

大概是總一郎一直盯著她看，兩人不經意目光對上。

「啊，呃，沒事。」

總一郎露出明明對方什麼也沒問，卻莫名開始解釋的醜態。不知為何，身體感到緊張，心跳比平常還要快。也不是因為擔心學生會的選舉結果……真是這樣的話，那麼這個情愫是……

總一郎偷窺般用眼角餘光看了沙織。兩人視線再度對上。

「啊，呃……」

差點又要像剛剛那樣辯解，總一郎慌張地閉上嘴。

為了瞞混過這奇怪的氣氛，他繼續說：

「今、今天的演奏……真的很棒。」

感覺得出正把鯛魚燒送往嘴裡的沙織，臉上的表情逐漸放鬆了。

「謝謝你。」

「雖然我在音樂方面是外行人，不過還是感受到姬宮演奏的氣勢。」

「大概因為是在音樂廳吧。那邊會呈現出很好的音色。」

沙織如此說著，把一半被美咲吃掉的鯛魚燒尾巴放進嘴裡。

「我認為自己感受到的是姬宮的實力……能夠在比賽中獲得第三名，是很厲害的事吧？」

「不知道耶。」

「不是嗎？」

「因為在這世界上，還有很多能彈奏得跟我差不多的人。」

「……」

總一郎無法立刻想出該如何回應。

因為沙織太過輕易，就像在日常生活中都會意識到似的……說出口了。世界。

對總一郎而言，就像存在於電視畫面另一端的感覺。

不過，說不定正是因為如此。

即使在幾乎座無虛席的音樂廳舞台上，沙織也沒有特別緊張的樣子，能彈奏出自己的音樂。今天的演奏，對沙織來說搞不好並不是那麼特別的事情。

「……」

「……」

對話中斷後，只剩下讓人坐立難安的沉默。這不是因為後悔剛才說的話，只是單純因為與女孩子兩人獨處，不知道該說些什麼。

一旦意識到，不得不說點什麼的情緒搶先往前衝，腦袋就越是一片空白。

「啊，那個……對了，姬宮跟上井草感情很好呢。」

好不容易擠出來的是有關共同朋友的話題。

「你看起來也跟她感情很好啊？」

「我很不擅長應付上井草。」

總一郎清楚地說出口後，沙織天真爛漫地笑了。

「我想應該沒有擅長應付那個東西的人吧。」

而且還說了頗過分的話。

「因為美咲對自己的『喜好』非常明確。」

沙織彷彿在尋找消失在林蔭道的美咲身影，視線朝向人群如此說著。

「她總是在追求自己的『喜好』，所以才會比任何人都自我且直接，才會那麼耀眼。」

「耀眼？」

「我會因為某人說『好』，而覺得那個東西是『好』的。不過，美咲卻不是這樣。不管什麼東西都存在於自己內心，從內心去看世界，就像故事裡的主角一樣。」

聽了沙織的話，總一郎想起了剛才在頂樓與仁的對話。仁說了總一郎能夠鳥瞰事物，也只懂得如此。

「美咲完全不看周圍，也不在意旁人的目光，才會與周圍逐漸不同而變得格格不入。」

「我認為要在社會中生存下去，高明地配合周遭是必要的。就連學習避開摩擦的方法也是必須的，不然就只是慢慢消耗衰退而已。所謂的學校不光是學業，也應該能學習這些事情。」

「我也這麼覺得。不是贏合別人的意思，而是去看人、感覺人、顧慮別人的情感，這都是很重要的。即使如此，我現在看到美咲還是會悸動，大概是因為對現在的自己抱持罪惡感吧。」

「聽起來像是妳想成為上井草啊。」

「你沒有想過嗎？想成為主角的那一瞬間。」

總一郎稍微想了一下後回答：

「……目前沒有，我滿足於當個旁觀者。」

「我有時候會有呢。因為演奏別人期望的東西，總覺得很不自由。」

「……」

直盯著遠方天空的沙織側臉，看來有些無精打采。總一郎察覺自己問了不該涉入的話題，氣氛感覺有些凝重。

「嗯。剛剛的話要是被鋼琴老師聽到，大概會挨罵吧。要幫我保密喔。」

像是要緩和氣氛，沙織露出了笑容。

這時，去買章魚燒的美咲與仁回來了。

「我回來了～～！」

「妳回來啦，美咲。」

連總一郎與沙織的份也一起買回來了。

「拿去吧，副會長。」

仁把章魚燒遞過來。

「啊，喔。」

總一郎有些呆茫地收下。

「嗯？被皓皓欺負了嗎？」

「為什麼我會欺負他啊？館林同學稱讚我今天的演奏耶。」

「喔，那件禮服確實很棒呢～～」

「三鷹，給我仔細聽好，我說的是演奏。你到底在看哪裡啊？」

沙織直瞪著仁。

「當然是在看皓皓啊？從後背到腰部的線條很性感，實在是非常有魅力……好痛！副會長，你為什麼要踩我的腳啊？」

「抱歉，我沒注意到。」

「嗯～～算了，無所謂。」

仁即使如此說著，還是露骨地強調腳痛。

「少囉嗦，三鷹。」

看著兩人對話的沙織，一副很滿足的神情。

「呵呵，三鷹也交到朋友了呢。那我就放心了。」

「皓皓把我當成什麼了？」

「女人的敵人。」

「我可是站在女性這邊的喔？」

「你的發言就是敵人。」

沙織再次鄭重強調。

「哎呀，真是嚴厲呢。啊，對了，皓皓，下次的比賽不是快到了嗎？」

大概是判斷難以扭轉局勢，仁一邊吃著章魚燒一邊露骨地轉移話題。

「這個月底就要開始了。預賽是連續兩週進行第一次、第二次比賽，通過預賽的話，兩週後才是決賽。」

「我一定會去幫妳加油。」

美咲的雙頰因為吃章魚燒鼓鼓的，宛如嘴裡塞滿果實的松鼠。

「妳要來我是很開心啦，不過可別吵吵鬧鬧的喔。」

大概是之前有被鬧場過，沙織的表情有些不痛快。

「而且又快考試了，真是辛苦呢。」

因為總一郎不經意的一句話，沙織發出深深的嘆息。

「比賽倒還好……期末考就真的讓人覺得很沉重……」

她憂鬱地表情黯淡下來。

「因為皓皓意外是個笨蛋嘛。第一學期的期末考，還漂亮地拿了不及格的成績呢。」

「那、那個不准說，三鷹！我只是對理科有一點不拿手而已！」

「原來如此，有一點啊。」

「我出生至今還是第一次看到五分的考卷耶！」

「啊啊！真是的！連美咲都這樣！」

大概是不想被知道的祕密，沙織難為情地低下頭。

「看來確實是有點不拿手呢。」

「連你都要這樣欺負人嗎？」

沙織鬧彆扭地往上瞪了過來。這個動作實在太可愛，總一郎因為不好意思，立刻別開視線。

「我真是不懂為什麼你們能夠理解那種東西呢。就算我請班上同學教我，音樂科的學生大家普遍都不擅長。」

沙織喃喃自語說了些抱怨的話。

「請上井草教妳不就好了嗎？」

畢竟美咲可是全學年第一名，連總一郎也不是對手。

「之前的期中考我試過了……不過，聽了美咲的說明之後，就變得更搞不清楚了。話雖如此，就身為一個人的立場，也不允許自己去拜託三鷹。」

「不然就請副會長教妳啊？」

仁就像在聊天氣般一派輕鬆，如此說道。

「啥？」

完全出乎意料的發展讓總一郎著實嚇了一跳。

「成績是學年第二名，個性又很認真，是很不錯的物件喔。是吧？」

仁說著把手放在總一郎肩上。

「不，可是，這樣會造成館林同學的困擾吧。」

「是沒有什麼困擾啦……況且教別人也等於是自己在念書啊。」

總一郎如此說著，開始想像在放學後的教室裡教沙織念書的景象。夕陽時分的圖書館，兩人並肩坐著解題，肩膀幾乎就要碰到了。沙織提問，總一郎回答……想到這裡，總一郎回過神來，猛搖頭甩開妄想。自己到底在想什麼啊……

「副會長都說沒問題了喔？」

「嗯～～……那麼，可以拜託你嗎？」

「咦？啊，嗯。」

完全沒想到會是這樣的發展，所以隱藏不住內心的動搖。不過，總一郎心裡有更巨大的情感，察覺自己在腦袋裡做了一個勝利姿勢。接著，因為不明白這到底是什麼，更讓總一郎內心感到不安。雖然試圖叫自己冷靜下來，卻離冷靜越來越遠。

「那麼，你們就交換一下手機號碼吧？」

仁極為自然地切入，誘導總一郎與沙織。

「說的也是，就這麼辦吧。」

沙織毫不猶豫地拿出手機，可愛的貓咪手機吊飾垂掛著。以帶有成熟氣質的沙織而言，這總讓人覺得有些不協調。

「這個叫做『咬人山喵～～』，是我最喜歡的『咬人熊～～』的朋友喔！」

咬人山喵～～所指的大概是西表山貓吧。就貓咪而言，設計上確實是帶有一些野性的味道。

「這是美咲擅自繫上去的，可不是我自己弄的。」

或許是在意總一郎的視線，沙織開始解釋。總一郎想不出比較適合的回應，也拿出手機，準備紅外線通訊。

「我先送出就可以了嗎？」

「嗯。」

使用紅外線通訊交換號碼。總一郎拿著行動電話的手微微顫抖著。仔細想想，這好像是第一次與女孩子交換手機號碼。

仁正以想說些什麼的目光看著總一郎，總一郎死命假裝冷靜。

登錄完畢後，立刻收到來自眼前的沙織的簡訊。

——請多多指教。

後面還加上了可愛的貓咪表情符號。

——彼此彼此。

總一郎回覆了簡單樸素的簡訊。

「真是生硬啊，副會長。」

從旁邊窺探畫面的仁，露出真是受不了的表情。

「不要偷看別人的手機。」

「真抱歉啊，剛好看到了。」

就在進行這樣的對話時，喇叭傳來廣播的聲音。

——接下來即將發表水明藝術大學附屬高校的學生會選舉投票結果。相關人員請至水高的運動場集合。

「到運動場集合吧！」

美咲把剩下的所有章魚燒大口大口塞進嘴裡，率先走了出去。

「啊！我的章魚燒！」

「皓皓，快一點！快一點！」

「她一定覺得事不關己吧……真是一點都不緊張。」

「那就是美咲的優點。」

連章魚燒都被搶走，垂頭喪氣的沙織也開始往前走。不過，立刻又停下來，轉向總一郎。

「況且，一定沒問題。你會當選的。」

「妳是哪來的信心啊？」

「因為我有投票給你。」

沙織說完，調皮地笑了。

這樣的對話，今天是第三次了。然而，對於這第三次，總一郎決定試著相信。

「如果因為姬宮投票給我而當選了，我該做些什麼？」

「嗯～～……啊，對了。我希望放學後也能到頂樓。」

「姬宮喜歡高的地方嗎？」

「我可不是因為是笨蛋才喜歡高的地方喔（註：日文當中有「笨蛋與煙往高處爬」的說法，指笨蛋不知高處的危險，用來隱喻想出頭的人）。」

沙織微瞇著眼瞪了過來。

「我什麼也沒說。」

「那就好……因為感覺很舒服，所以我很喜歡。像是練習快要有結果的時候，就常常想著要是能上去頂樓就好了。」

「這樣啊。」

兩人一邊聊著，往運動場走去。

3

接著，幾十分鐘後——

——當選下一屆學生會副會長的人，是一年一班的館林總一郎同學！

廣播聲響徹校園。

正因為是從那之後已經過了一年的現在，所以很清楚。一年前的文化祭……那一天，姬宮沙織的存在已經在總一郎的心中紮根。

那天之後，發生了許多事。

第一年結束，第二年也與仁同班；經歷了第二次的文化祭，也挑戰了第二次的學生會選舉，結果漂亮當選，現在擔任學生會長。

在這期間，已在心中紮根、萌芽的種子正慢慢成長。

只要像是始業式或結業式這種全校學生集合在體育館的情況，總一郎就會下意識把視線移向音樂科的隊伍，尋找沙織的身影。

中午到學生餐廳，也會不自覺確認沙織在不在。

如同那天的約定，每當期中、期末考期間在圖書館辦讀書會，也經常會看坐在隔壁的她的側臉看得入神。

剛開始只是小小地萌芽，現在已經開出碩大情愫的花朵。

已經無法視而不見。即使不願意，仍自覺到對沙織的情感。

而且這次以成績排名下滑的形式，突顯出自己浮動的感情。沙織的成績明明因為讀書會而有明顯的進步，上次的期中考還勉強擠進了前五十名……

貼在走廊公布欄上的期末考名次表再次映入眼裡。

不管看幾次，總一郎在第九名的情況還是沒有改變。

因為在意的女孩就在旁邊而無法專心念書，原以為這種事只會出現在故事裡，沒想到自己居然也會變成這樣……

該說很沒用，或者很難看……實在是複雜的心境。

就在總一郎陷入自我厭惡時，身後傳來這樣的聲音：

「這次的結果怎麼樣？」

總一郎猛然回過神來。現在這聲音耳膜已經記得。光是聽到就能讓自己覺得幸福的音色，正是來自沙織。

「原、原來是姬宮啊。」

「只不過是跟你講話而已，不需要這麼驚訝吧？」

「不，因為剛好在想事情。」

「想事情？」

沙織微微歪著頭。對於這個很有女孩子味道的動作，總一郎的笑容忍不住都要綻開了。為了不被察覺，他繃緊了表情。

「不是什麼重要的事。」

總不能說是因為正在回想與沙織的相遇。擅自沉浸在回憶中，有種對不起或是心虛內疚的感覺。總一郎將視線從沙織身上別開，結果更惹來沙織可疑的目光，像是在說：「真的嗎？」

即使想轉移話題，卻想不出自然的對話。

就在這時，旁邊的仁向沙織問道：

「皓皓不問我的結果嗎？」

「我對三鷹沒興趣。」

沙織說得斬釘截鐵。

「卻對學生會長有興趣就是了～」

仁投以意味深長的視線，總一郎視若無睹地敷衍過去。沙織則是在人群後方伸直背脊，確認公布欄的名次表。

「咦……」

接著發出這樣的聲音。大概是對總一郎的名字不在平常的位置上感到吃驚吧。

「這次是第九名。」

總一郎像是要辯解般，搶先小聲地說了。

「是不是身體不舒服？」

沙織的雙眸擔心似的閃爍著。

「並、並不是那樣啦……」

即使把嘴巴撕開，也不能說出真正的原因。

「是因為你剛剛所說，正在想的事情嗎？」

沒想到沙織卻逐步逼近核心。

「啊、不，不是。那個……只是因為稍微欠缺專注力。」

總一郎冒出了莫名的汗水。

「是因為剛剛在想的事嗎？如果不嫌棄，可以跟我聊聊啊。」

沙織的眼神極為認真，更讓總一郎動搖了起來。

這件事情實在無法找她商量，唯獨對沙織說不出口的煩惱，畢竟她可是自己單相思的對象。

如果回答是因為在意沙織的事而無法集中精神念書，那就跟告白沒兩樣了。

「反正機會難得，你就跟皓皓商量看看嘛？況且也跟她有關。」

「嗯？是這樣嗎？」

「三鷹，你少多嘴！」

不過，仁可不會因為這樣就保持沉默。

「因為學生會長的成績之所以會下滑，皓皓就是原因啊。」

而且還繼續說出爆炸性發言。

「我是原因？」

大概是沒料想到，沙織愣了一下。

「不、不是那樣啦，姬宮！姬宮完全沒有錯！沒有哪裡不對！」

雖然立刻否定了，不過沙織已經陷入思考。接著立刻像是發現了什麼而心裡有數，一邊挑選用字遣詞向總一郎問道：

「這樣啊……說的也是。是因為我在考試前請你教我功課吧。」

「我都說不是了。」

「對不起，館林同學。這也難怪了，因為我耽誤了你用來念書的時間。真的很抱歉。」

「別道歉了，真的不是那樣。我念書的時間很充裕，不是姬宮的錯。」

即使如此，沙織還是無法釋然。這也難怪，因為不管怎麼否定，總一郎始終沒把真正的原因說出口。

「……不然，原因到底是什麼？」

沙織將卡在喉嚨深處的疑問丟了出來。

「那是……」

話雖如此，卻也不能回答她的問題。

「可以對三鷹說，卻不能跟我說？」

「不，那是因為……」

「我的存在比三鷹還不如嗎？」

「皓皓，這樣對我很失禮耶？」

「到底怎麼樣？」

沙織無視於仁，繼續追問。

「沒有人在聽我說話就是了。」

「三鷹你閉上嘴。」

「是、是。那我先去上個廁所。」

仁說著便真的準備離開現場。

「啊、喂，三鷹，不准逃跑！」

要是現在跟沙織獨處就完了，況且有必要讓仁負起說出爆炸性發言的責任。

不過，仁完全不聽制止。

「我說的都是真的吧？」

他悠哉地留下這些話，便往廁所的方向走去。

他說的都是真的。確實如此。雖然不過是玩文字遊戲，不過就「沙織是導致無法專心念書的原因」這一點，當然沒有錯。

「是不能對我說的事嗎？」

「……沒錯。」

也不能隨便敷衍過去，於是總一郎認真回答。

「你不太把自己的事告訴我呢。」

「……」

這時，響起了代表休息時間結束的鈴聲。

「我要走了。」

「嗯。」

轉過身的沙織，在走廊上遠去。

總一郎一度想叫住她，不過在伸出手想開口叫她的時候，身體便不聽使喚。沒辦法。雖然想留住她，卻什麼也說不出口。想這麼做的心情，與無法這麼做的現實背道而馳。

馬上就要開始上課了，得趕快回教室，所以對自己辯解現在沒辦法，然後轉過身去。接著，朝與沙織相反的方向邁開腳步。

總一郎之後將為這天的事煩惱得要死。

4

沒有收到簡訊。

畢業典禮已經結束，三天後就是第三學期的期末考。在這樣的三月某天放學後，總一郎在學生會室裡。

雖說是在期末考前，但身為學生會長還是有些非做不可的工作。

最大的課題，就是準備明年度很快就要來臨的迎新會。仔細審查各社團的節目活動申請，必須在期末開始前回覆是否許可。再加上還有各委員會的介紹與說明……當然也必須向一年級新生宣傳學生會。這個時期有許多重要的工作。

不過，老實說總一郎並沒有很專心。

「呼～～」

還發出類似嘆氣的聲音。

鬱悶的總一郎視線，再度看了手機。

還是沒有收到簡訊。即使問了客服，也沒收到新的簡訊。

如果是平常，只要到考試前一個星期，沙織一定會傳來這樣的郵件。

——辦讀書會吧。

唯獨這一次，今天離考試只剩三天，卻依然沒有任何消息。

其實總一郎已經確實明白其中的原因。

是受上次考試……第二學期的期末考，總一郎成績下滑的影響。

沙織深信就是兩人的讀書會扯了總一郎的後腿，所以這次不想給他添麻煩，就沒寄出想辦讀書會的簡訊。

不只如此，這兩個星期幾乎都沒能好好見到面，也沒有談話。

等簡訊等得焦急的總一郎，心情一天比一天不安。

第三次看了手機，還是一點反應也沒有。

從剛才開始便每隔一分鐘就確認一次。

總一郎察覺到自己的動作，刻意把手機放到遠處桌子的邊緣。接著想開始進行學生會的工作，便開啟桌上的筆電。

啟動後，照平常的習慣，打開了一個檔案。

就在這時，在斜對面的座位上一邊呻吟一邊整理文書的一年級副會長，突然趴倒在桌上。

「會長～～」

一臉親暱的表情，緩緩發出甜膩的聲音。老實說，被男孩子如此稱呼也只是覺得噁心而已。

副會長把一邊的臉頰貼在桌上，呈現完全無力的姿勢。

「會長～請不要無視我啦～」

「有什麼事？副會長？」

看來要是不回話，不知道會持續到什麼時候。總一郎沒辦法只好回應。

「我有事想找你商量。」

「你那是找人商量的態度嗎？」

「拜託你啦，請聽我說。」

「知道了。你說說看吧。」

不斷一一指正也很麻煩，總一郎便催促副會長說下去，不過視線依舊放在桌上的筆電螢幕。

「我想要交女朋友。」

「你找錯對象商量了。」

「那就退一百步，我想跟女孩子說話。」

「目標還真是一口氣降低很多啊。」

副會長嘆著氣，挺起身子。才剛這麼想，他便開始訴說莫名的強力主張。

「因為，我本來以為進了學生會，裡面也會有女孩子，在準備活動的時候感情就會加溫，然後發展成戀愛。沒想到會長、會計、書記、總務竟然全都是男的，根本就是詐欺嘛！我讀的可不是男校啊！」

「跟班上的女孩子感情加溫不就好了？」

對於這樣的副會長，總一郎隨意敷衍。

「要怎麼樣才能讓感情加溫啊！」

沒想到副會長不懂得察言觀色，繼續緊咬不放。

「我怎麼可能知道啊？你要是有空廢話，還不如趕快整理各社團的申請書。」

「那些我已經整理完了！」

副會長拿出整理成兩堆的紙疊。綠色夾子是通過的，紅色夾子則是沒通過的。比例大約各占一半。

「如果整理好了，就趕快回家準備期末考。雖然並沒有明文規定，不過你應該知道有所謂學生會成員的成績要維持在五十名以內的不成文規定吧。」

「所以我才不回家，而要在這裡念書。」

插話的人是坐在副會長對面的學生會會計。他到去年夏天為止還隸屬於棒球社，不過據說因為受傷難以繼續，轉念便進了學生會。基於對棒球社時代的眷戀，現在還是維持光頭造型。身形魁梧，即使是會計，大部分人的感想都是不太適合。與總一郎同樣是二年級生。這一屆的學生會成員當中，一年級就有三位，二年級只有總一郎與會計。

「要是在這裡，有不懂的就可以問會長，所以賺到了。」

書記與總務這兩位一年級生像是同意會計的意見似的，也點頭稱是。

「我可不打算當你們的家庭教師喔。」

「會長真是令人羨慕啊～～不但成績優秀，最重要的是還有感情要好的女孩子呢。」

「你說的是誰啊？」

「你不是常跟上井草學姊聊天嗎？」

那可以稱為「聊天」嗎？那位外星人只是單方面把想說的話說完，總一郎的話卻一句也沒聽就走了。

前幾天也是，休息時間突然進教室說出謎樣的宣言：

「我的炸豬排咖哩不要炸豬排喔。」

「那妳一開始點普通的咖哩不就好了嗎？」

總一郎姑且先如此回應，但美咲完全不聽人講話，已經跑到教室外面。

「啊～～那個人真是超可愛的啦。是我喜歡的類型。」

原本一直默默工作的一年級總務加入對話。他與副會長同樣都是現在學生會裡的開心果。

緊接著——

「我第一次見到她時也是心跳加速呢。」

個性比較老實溫順的書記也跟著說。他的臉無論何時看來都很稚嫩，就算說他是國中生，一般人也會相信。

「那我可不建議喔。煩人的程度可是非比尋常啊。」

最後補充的是會計。

「不過，她的確是校內第一名的美少女吧！」

副會長開始有些興奮。

「我投游泳社的朝霞學姊一票。那個胸部實在太棒了，好性感！」

總務如此說道。

「不、不，你們太不了解了。不管怎麼說，都是小春老師才棒吧。」

會計也說了。

「出現了！學長喜歡年紀比自己大的！」

曾幾何時，學生會裡開始了Boys' talk。

「我喜歡音樂科的姬宮學姊。」

最後，連書記都說出這種話。

「啊～～這我懂，我能理解。」

「那種很酷的感覺？真的很棒呢！」

一年級的三個人彼此點點頭。感情好是件好事。

「你們還真是大膽啊。像那種美人類型很有魄力，我可是緊張到沒辦法跟她正眼對看呢。」

會計自嘲地笑了。

「我也一樣啊。雖然跟她討論迎新會演奏，卻什麼也說不出口，從頭到尾都在模仿金魚，然後就結束了。」

副會長說著嘴巴不斷張合，引起哄堂大笑。

「還好有會長在，我才獲救……這麼說來，會長也跟姬宮學姊感情很好不是嗎？」

「沒有啊……很普通。」

就現在的狀態來說，反而算是交惡吧。就連簡訊都沒有要傳來的跡象。

「撇開這些不談，你們如果要聊廢話，就趕快回家去吧。」

總一郎以稍微嚴厲的口氣說著，會計、書記、總務三人便立刻繼續唸書，只有副會長不滿地鼓著臉。男生這麼做一點也不可愛。

在這其中，總一郎在內心深深嘆了口氣。自己究竟在做什麼，這完全只是遷怒他人而已。只要出現沙織的話題，就變得無法冷靜。

他的目光彷彿受到吸引，飄向放在桌子邊緣的手機。

問題並不在於沒收到簡訊，也不是成績下滑，更不是因為與沙織之間的氣氛變尷尬。

說不定根本連問題都稱不上。

只是很單純的，總一郎喜歡上了沙織，被這樣的情愫耍得團團轉。

這就是本質。

究竟該拿心中的煩悶怎麼辦才好？

這世上似乎有種被稱為告白的東西，那麼總一郎這麼做就好了嗎？不，他絕對難以面對沙織說「我喜歡妳」。

即使說出口，也一定是像意外事故那樣的狀況吧。

「唉～～」

「學生會長竟然在嘆氣，你從剛才就在做什麼？」

副會長依然帶著像河豚的臉，窺視筆電畫面。

畫面上顯示的是一個檔案。

開頭寫著「關於放學後的頂樓開放事宜」。這是由學生會接受全校學生的申請，並向校方要求重新檢視校規或變更規定的申請書。

「啊～～開放頂樓啊。」

聽到這個聲音，書記便抬起頭來。

最實際的就是運動社團，想把頂樓做為放學後的活動場所，因此希望開放的建議非常多。其他還有想用來畫風景畫的美術科學生也來了許多意見。除此之外，還有想盡情吹喇叭、想在頂樓告白等各種個人主張。

「那個去年學生會也跟學校協商過，可是卻遭到駁回了吧？」

總一郎聽到疑問，輕輕點點頭。前幾天才畢業的前任學生會長，曾經死纏爛打地與副校長協調，結果還是未能實現。

「學校方面的主張，認為在安全管理還不到萬全的情況下，放學後也開放將伴隨著危險。聽說在我入學之前……大約四年前，曾經是一般開放的。但那時的學生開始打起排球或棒球，發生過很多球飛到外面的情況。」

「在頂樓打棒球啊～～要是開放了，確實會想這麼做呢。」

開心地如此斷言的人，正是原隸屬於棒球社的會計。

「就因為有像會計這樣冒失魯莽的學生，學校才會不准。」

「是我害的嗎？」

「不過，簡單來說，不也表示如果發生了什麼問題，誰也不想負責任的意思嗎？」

靠在椅背上的總務，嘴裡含著自動鉛筆。

「直截了當說的話，就是這樣。」

「這種不就是大人覺得最麻煩的事嗎？」

副會長說得一副很了解的樣子，跟他的臉實在不搭。

「學生會長想送出提案書嗎？」

書記表情有些緊繃，如此問道。

「看來書記好像是想反對呢。」

「雖然不能說是絕對反對……不過聽說因為頂樓開放的事，前學生會長跟老師們的關係變得不太好。這樣就有點……」

「原來如此，是這樣的意見啊。」

沒有必要故意掀起原可避免的摩擦。這個想法是可以理解的。

心想這正好是個機會，總一郎彷彿要徵求意見般，將視線投向全員。

這時，副會長率先回答：

「我也反對。還有很多想通過的提案，要是因為拘泥於去年被駁回的提案，而跟老師們有了爭執，導致連其他提案也被否決，不但超棘手，而且會變得什麼事也做不了，那就失去加入學生會的意義了。」

「我跟副會長意見相同。」

總務舉手主張。

還沒回答的只剩下會計。

「我的真心話是怎樣都無所謂，不過，我覺得要是不管即將畢業的我跟會長，剩下你們這些一年級的，如果還想幹學生會，就沒必要在這裡爭執吧。以副校長來說，之前的學生會已經解散，所以大概會覺得放學後開放頂樓的事情已經解決了，要是拿來舊案重提，可能會演變得比想像中更棘手。」

「這樣啊，我了解大家的意見了。我也不是為了要現在立刻提出來而準備的。」

「那又為什麼要準備提案書？」

所有人的視線集中在總一郎身上。

「你們也知道，在全校學生提出來的要求當中，就屬這個最多吧。好歹要先準備一下。」

「說的也是呢～～正因為如此，所以會覺得要是能實現就太帥了。」

雖然副會長看來已經理解，不過總一郎一點也不相信自己所說的話。

之所以會做提案書，全起因於一句話。

——我希望放學後也能到頂樓。

沙織說過的話。

要是沒有這段記憶，總一郎大概根本不會想做提案書。即使要跟學校協商，也覺得在任期即將結束時再來做就好了。

在那之前，跟老師們建立良好的關係是比較聰明的做法，因為各項事務都會進行得比較順利。以目前來看，老師們對成績優秀、生活態度穩重的總一郎有深厚的信任，甚至在候選學生會長之前，就已經有好幾位老師掛保證「要是由你來擔任就讓人放心了」。而現在，總一郎已經充分回應了這樣的期待。

況且，關於頂樓開放的事宜，他也能理解學校方面的主張。要是真發生什麼墜樓事故，沒有人能負起這個責任。慎重考慮這些層面，是非常重要且必要的。

如果是仁，大概會說自己腦袋僵硬、太正經八百或枯燥無趣，不過為了度過安全健全的高中生活，還是有必要的規範，而且必須遵守這些規範才有意義。

「這個提案書不會提交出去。」

總一郎重新如此宣言。

接著，眾人各自念書的念書；進行學生會工作的人工作，約三十分鐘後就解散了。

最後離開的總一郎，將學生會室上鎖後來到走廊。

往出入口方向走了一會兒，途中與走下樓梯的仁碰個正著。

「會在這種地方遇到，真讓人覺得是命中注定。」

「你快用你的那雙腳去醫院吧。」

「身為學生會長，居然這麼冷漠。」

「只限對三鷹。」

「那真是感謝你的特別待遇。」

「……」

「……你今天心情好像不太好呢。」

「沒那回事。」

「該不會是跟皓皓吵架了吧？」

「……」

總一郎送上要仁閉嘴的銳利視線，仁卻輕鬆閃避開來。

「剛剛看了一下圖書館，發現皓皓正一個人很寂寞地念書喔？我差點就要送上溫柔的甜言蜜語了。」

「你以為是因為誰。」

「聽起來好像是我害的。」

「不用加上好像，原因就出在你之前多嘴說的話吧。」

「就是『學生會長成績下滑是因為皓皓的關係』那段話？」

「沒錯。」

「那她當然會覺得責任在自己身上囉～～不好意思，學生會長可不可以幫我去把那段話的意思好好說明一下？皓皓絕對是誤會了。」

「你自己去道歉，然後解開誤會。」

「我可是不被信任的喔。皓皓不會相信我啦。況且，我可以說嗎？『學生會長的成績之所以下滑，是因為老是想著皓皓，所以沒辦法專心念書。』」

「你要是繼續說下去，我就揍你喔。」

仁誇張地擺出投降的姿勢。

不過，那也只是態度如此，實際上並沒有閉嘴的打算。

「我想即使我不說你也知道，不管我要不要對皓皓說，她還是會發現原因出在自己身上。」

「……所以你想說錯不在你？」

「要是以賣人情的方式來說，歸咎在我身上，你也會覺得比較輕鬆吧？」

「……」

「事情就是這樣，皓皓的事就交給學生會長了。」

「為什麼我要幫你擦屁股啊？」

「真是的，頭腦僵硬也該有個限度。這還用說嗎？當然是因為想跟皓皓辦讀書會的人不是我，而是學生會長啊。」

「……！我、我才沒有！」

對於仁直搗核心的一句話，總一郎語塞了。

「再說，皓皓在等待的人並不是我，而是學生會長喔？優等生學生會長，你不是很擅長回應他人的期待嗎？」

「……」

雖然仁一副輕浮的調調，但他說的話都銳利地刺進總一郎的內心。

「要俯瞰這世界，決定只當個旁觀者倒無所謂，不過要是因為這樣而傷害了身邊的人，那就跟學生會長你所討厭的我沒兩樣了。」

仁的眼神說著「不想這樣的話，就自己去解決」。

「偶爾就當作自己是主角，向皓皓說『這次的期末考我會拿第一名，所以妳不用擔心』吧？她一定會很高興。」

「少說得那麼簡單。」

「因為事不關己，當然會說得很簡單啊。」

「對於老是從上井草身邊逃開的三鷹而言，不算事不關己吧。」

為了發洩老是被挖苦的窩囊氣，總一郎盡全力冷嘲熱諷。

「我們彼此都對別人的事很了解呢。我果然跟學生會長很合得來。」

仁如此說完，便揮揮手走遠了。

總一郎看不到仁的身影之後，憤怒般的情緒突然泉湧而上，炙熱地充滿全身。受到這情感驅使，總一郎將雙手用力打在牆上。手心傳來灼熱的痛覺，卻無法就這樣忘記不痛快的情緒。

「想說什麼就說什麼……」

仁的話還緊黏在耳膜上。雖然不甘心，但確實就如仁所說，結果這只是總一郎的問題而已。

「可是，就算如此，我又該怎麼做才好！」

總一郎緊緊握住打在牆上的拳頭。其實早就知道了，答案早就出來了，只是還缺乏勇氣。

「可惡！」

即便如此，最後還是固執驅使了總一郎。

他往剛才來的方向折返回去，前往圖書館。

來到圖書館的總一郎，毫不猶豫朝向某個地方。

離門口最遠最裡面的桌子。那是一直以來每到考試期間，總是會與沙織辦讀書會的自己喜歡的地方。

穿過書櫃的後面，果然在那個座位上看到了沙織的身影。她正一臉彷彿頭上就要冒煙的嚴肅表情，與教科書上的問題進行格鬥。

她似乎完全沒注意到總一郎。

大概是因為一邊聽音樂一邊念書吧。

雖然沒看到平常的耳機，不過從蓬鬆柔軟的短髮當中看到垂放的耳機線，連接到放在桌上的隨身音樂播放器。

總一郎踩著緊張的腳步，移動到沙織的身邊。

即使已經來到旁邊，沙織還是沒有察覺。

意識似乎集中在頑強的數字上。

總一郎偷看了筆記，知道是微積分的問題。

「先改變算式的形態，用跟這個例題同樣的解答方式。」

總一郎用手指著教科書上的例題指正，驚訝的沙織猛然抬起頭來，圓睜的眼眸裡映著總一郎的身影。

接著沙織又立刻難為情似的把視線別開。

「是你啊……」

「如果一開始的算式很難處理，就藉由展開或整理來改變形態。」

總一郎說著，在沙織旁邊的座位坐下。

沙織照著總一郎所教的，在筆記上寫下計算公式，不發一語地開始計算。過了一會兒便導出答案了。

「算出來了。」

她如此說著，突然轉為開朗的表情面向總一郎。

不過這次也像是想起了什麼似的，馬上收起笑容，把臉別開。

然後無視總一郎的存在，繼續做下一道題目。

「妳在聽什麼？」

總一郎手指著耳朵示意。

斜眼看過來的沙織露出些微煩惱的樣子，只拿下一邊耳機，往總一郎遞了過去。

他把接下的耳機塞進耳朵裡。

流瀉出的是古典音樂。沙織的音樂興趣非常廣泛，除了流行樂、搖滾與爵士，就連動畫或遊戲音樂也聽。所以老實說，要以音樂的話題與她交談並不容易。

兩人沉默地持續聽了音樂一會兒。

沙織趁這空檔又解開了兩道題目。

就在她對完答案時，總一郎問道：

「這是莫札特嗎？」

沙織露出感到意外的表情，大概是沒想到他會知道。

「你竟然會知道啊。這明明不是太有名的曲子。」

「因為我做了功課。」

「咦？」

「那個……為了能好好跟妳聊天。」

「……這、這樣啊。」

「嗯、嗯。」

「你那是……什麼意思？」

低著頭的沙織臉頰泛紅。

不過，總一郎並沒有欣賞她表情的餘力。他的臉應該更紅。

「也就是說，那個……」

「也就是說？」

「我、我……」

「……」

感覺得出沙織屏住氣息。

心臟激烈跳動到感覺疼痛的地步，幾乎都要聽到心跳聲了。

「我想說的是，我沒問題！」

「咦？」

沙織瞬間露出愣住的表情。

「妳不用在意我成績下滑的事。妳不用顧慮，我也想繼續之前的讀書會。沒問題的。」

這時對話一度中斷。

「下次考試，我一定會拿第二名。」

接著，總一郎堅定地斷言。

「我保證。要打勾勾也可以。」

然後立刻如此補充。

「……」

沙織什麼也沒說……才正這麼想，她突然發出聲音大笑。

「妳、妳為什麼笑啊？」

「因為依剛才的對話來看，還以為你絕對會說『會拿第一名』。」

沙織的笑聲依然沒停下來。雖然仁也建議應該這麼說，不過這樣未免太無趣了。況且依照總一郎的個性，也不會承諾不確定能不能做到的事。

「我話說在前頭，要贏過上井草可不是一般人能辦到的喔。」

「說的也是。因為你是贏不了的。」

沙織還在笑，用手指拭去淌在眼角的淚水。

「沒必要笑成那樣吧。」

「抱歉。」

結果，沙織止住笑意大約是在又過了五分鐘之後。

在那之後，他們兩人聽著同樣的音樂，念了約一小時的書之後便回家了。

一起離開圖書館的時候，總一郎在沙織隨身帶的物品裡，發現了像是樂器盒的東西。裡面應該是小提琴吧。雖然沙織的專長是鋼琴，不過當音樂科全體學生進行管弦樂演奏時，沙織是拉小提琴。雖然她本人說只是興趣程度的拙劣技術，不過只就在文化祭或畢業典禮上聽到的部分，總一郎不太明白哪裡拙劣。因為她優雅演奏小提琴的姿態，簡直就像一幅畫。

「回家之後還要練習嗎？」

「嗯？喔喔，你說這個嗎？」

沙織提起小提琴盒。

「算是轉換心情的東西吧。雖然我喜歡音樂，不過沒辦法輕鬆彈奏鋼琴，忍不住就會認真起來。不過，小提琴就算是不上手也無所謂，所以該說是覺得很放鬆……我也喜歡它的音色。」

兩人一邊聊著天，並肩走在走廊上。

來到樓梯，走在前面半步距離的總一郎，視野捕捉到了某樣東西。之後立刻心一驚，把已經踩出去的腳收回來，身子挨近走廊的牆壁。

「怎麼了？」

提出疑問準備走下樓梯的沙織手臂也被拉住。

「你突然做什麼啊？」

「噓～～」總一郎面對不滿的沙織，將手指抵在嘴唇上。

「嗯？」

沙織露出不解的表情，不過總一郎只是沉默地用手指著樓梯的方向。沙織從暗處窺探樓梯轉角平台後，便露出「啊」的驚訝嘴型，終於理解了。

在樓梯轉角處是一對同年級的男女。從穿著看來，應該是棒球社二年級生與社團經理。正好目擊這兩人接吻的場面。

總一郎將身體靠在走廊牆上深呼吸，站在旁邊的沙織同樣背部緊貼著牆壁，紅著臉驚嘆著：

「唔哇～～」

「真是的～～不是說好要贏了比賽再接吻的嗎？」

從樓梯轉角處傳來聲音。

「反正先再來一次吧。」

「不～行～你的呼吸好急促，總覺得我好像會被侵犯。」

隨著下樓梯的腳步聲，兩人的聲音也逐漸遠去。

「那麼，下次比賽贏了的話……」

「嗯，倒也不是不能考慮啦。」

「咦！真的假的？」

「我說的可是接吻喔。」

「搞什麼啊～」

「你要是那種態度，我就不讓你親了。」

「騙妳的啦，我剛剛只是隨便說說。」

之後的對話因為已經遠去，聽不到了。

大概是感到安心，總一郎與沙織同時發出嘆息。

「看到很驚人的場面了呢。」

「是啊。」

「……」

「……」

「呃、那個，我們回家吧。」

「說、說的也是。」

兩人踩著僵硬的腳步走下樓梯。

「……」

「……」

也許是受到剛才的景象影響，即使彼此都想說些什麼，卻想不出適合的話題。

不僅如此，自掘墳墓的沙織還如此問道：

「那、那個……館林同學有接吻的經驗嗎？」

不但沒能改善尷尬的氣氛，甚至還一腳踩進更深處。

「當、當然沒有啊！我又不是三鷹！」

「雖然你跟三鷹完全不同，不過我覺得就算有也不奇怪。我、我們都已經是高中生了……」

「既、既然妳這麼說，那妳自己又如何呢？」

「我、我？我才是，怎、怎、怎、怎麼可能會有啊。那、那個……因為，我連交往的經驗都沒有……」

「那可真叫人意外，妳明明那麼受男孩子歡迎。今天也是，學生會裡的人說想跟妳這樣的美女交往呢。」

「還以為你們每天都集合在學生會室裡談些什麼，原來都是這種內容嗎？」

沙織輕蔑的眼神刺向總一郎。

「不，並不是我在聊！」

「推卸責任可不太好喔。」

「……嗚，確實是這樣沒錯，我會反省的。不過，我真的沒聊這個喔。」

沙織輕輕笑了。看來似乎是在開總一郎玩笑。

下了樓梯，在鞋櫃旁換上鞋子。

走到外面，迎接總一郎與沙織的是美麗的晚霞。

「好美的夕陽。」

「是啊。」

即使總一郎表示同意，但他主要看著的，是被夕陽照耀的沙織側臉。夕陽讓沙織看起來比平常更成熟。

「如果從頂樓上看，應該會更漂亮吧。」

沙織不經意地喃喃著，幾乎是自言自語。

不過，這句話莫名讓總一郎想起了什麼。

「頂樓嗎……」

總一郎也自然脫口而出。

「回家吧。」

沙織先邁開腳步。

然而，總一郎卻沒有動作。沙織大概覺得奇怪，停下腳步回過頭來。

「館林同學？」

「抱歉。我突然想起還有事。」

「咦？」

「妳先回去吧。」

「啊，嗯。這樣啊，那麼明天見了。」

「嗯，明天見。」

總一郎輕輕舉手回應揮著手的沙織，一直目送到看不見背影為止。

「那麼，動工吧。」

如果是這個時間，副校長應該還在教職員室。

他換上室內鞋，急忙回到學生會室。途中與一位教師擦身而過，他出生至今第一次被教訓：

「不要在走廊上奔跑！」即使如此，他還是無法停下跑動的腳步。

過了幾分鐘，氣喘吁吁的總一郎在教職員室裡。

「副校長。」

「嗯？喔喔，是你啊，有什麼事嗎？」

「有來自學生會的提案。」

他如此說著，遞出寫有「關於放學後的頂樓開放事宜」的提案書。

5

二年級的最後一次期末考，正如同與沙織的約定，總一郎漂亮地重新登上第一名。

「拿第一名也沒關係啊。」

沙織在貼在走廊上的名次表前如此說道。

「要是第一名就食言了。」

總一郎則這麼回答。

「該說你規矩還是死板呢？」

沙織笑了。

這樣的第三學期期末考結束後，就是短暫的春假，新的年度即將來到。總一郎與沙織，還有仁與美咲的高中生活也來到最後一年，即將成為三年級生。同時，新進的一年級生入學，水高微微吹起了新季節的風。

一年級生當然不用說了，就連二年級、三年級生在四月裡也還無法完全習慣新班級與新環境，學校整體瀰漫著心神不定的氣氛。

就在這一年也有一個特別的話題。是一位插班進入二年級美術科的女學生。她似乎是一位身為畫家的實力受到世界肯定的人物，再加上又是具神祕魅力的美少女，在各學年都已經有許多傳聞。而且，她還住在問題學生的巢穴——櫻花莊裡，不成為話題才奇怪。

包含這些事在內，新學期一開始就慌慌張張的水高，隨著過了一週、兩週……逐漸開始平穩下來，一直到黃金週結束時，每個人都重複著類似的每一天。

總一郎也不例外，即使到了五月，還是處在平凡的日子當中。

就在這樣的五月下旬的星期日。

為了處理學生會的工作，總一郎在中午過後來到學校。天氣不巧是陰雨。因為這樣，來參加社團活動的學生很少，校內顯得很安靜。

即使如此，學生會室裡還是全員到齊。

往年大約這個時期，就即將開始為秋天的文化祭做準備。

不久前才剛決定分工，現在正在翻閱過去的資料，各自試圖掌握自己該做些什麼。

正在閱讀資料的成員們不時發出「嗚哇，有這麼多事要做啊」，或是「這個也是學生會的工作啊」，還有「終於明白為什麼會長要我們從現在就開始準備……」等近似哀號的感想。

冷靜沉穩的只有總一郎。因為去年以副會長身分參加過，知道只要正常進行，應該都不會有問題。

有問題的是，還沒找出解決方案的其他案件。

目光落在桌上的資料上。上頭寫著「關於放學後的頂樓開放事宜」。

一時衝動向副校長提出申請，已經是兩個月前的事。

提出申請後，學生會室與教職員室之間難免流竄著緊繃的空氣。

然而過了一週之後，就像是什麼事也沒發生一樣。

原因在於總一郎的態度。

去年，前學生會長為了說服以副校長為首的教師們，以強化管理體制、制定頂樓使用規則等為主軸，以確保安全性做為武器奮戰。一直在旁邊觀察前學生會長態度的總一郎，反過來使用不提出安全性議題的作戰方式。

「因為是來自許多學生們的希望，懇請老師們給予協助。」

只是不斷熱心提出請求。

從提出提案書以來，總一郎每天不間斷到教職員室露臉，請求協助。

這樣也似乎有相當的效果，大約兩週前獲得了「會在下次的教職員會議上討論」的回應。

不過，總一郎認為問題才正要開始。

光是被拿出來討論是不行的，很有可能流於徒有形式就被終結掉。話雖如此，現在也只能靜待教職員會議的結果……

「會長～～」

趴在桌上的副會長拉長聲音呼喚。

「什麼事？副會長。」

「我想接吻看看。」

「啊，我也是。」

搭上副會長順風車的人是總務。

「真是太好了呢，副會長。找到接吻的對象了。」

總一郎滿不在乎地這麼說著，兩人便互相凝視。

「幹嘛這樣看我？」

「你才是。」

看來氣氛似乎變得有點微妙。才正這麼想——

「嗚嘔～～」

「嘔噁～～」

兩人同時痛苦地蠕動，大概是想像了接吻的畫面吧。

總一郎心想這下子應該可以暫時安靜一些吧，沒想到副會長立刻就復活了。

「會長～～」

「這次又是什麼事？」

「為什麼你一個人跑去送頂樓開放提案書啊～～」

正在翻閱文件的總一郎，手停了下來。

「關於這件事，我已經向你們道歉很多次了吧……」

「既然要提出，我也想一起去耶。」

「我也是，我也是。」

「我也是。會長太見外了。」

接在副會長之後，書記與總務也開始責怪了起來。

「真的很抱歉。下次要提出什麼的話，我一定會找大家一起去。」

兩個月前問大家意見的時候，明明所有人都提出偏向反對的意見，一旦真的提出，比起總一郎已經提出申請，「為什麼一個人跑去申請了」這件事更是受到學生會成員們的責難。

就總一郎而言，當然是因為「與校方發生爭執，只要自己一個就夠了」這樣的想法才採取行動，但他們卻不允許。

這時，總一郎才發覺自己意外受到學生會其他成員的信賴。

「也請會長多信任我們吧～～」

相反的，同時也被如此糾正，總一郎因而感到很驚訝。

「雖然我們很清楚會長非常優秀，但要是所有事都一個人做，那要我們做什麼啊？」

死纏爛打的副會長，即使從那之後已經過了兩個月，卻還時常像這樣拿出來當做話題，並且不斷抱怨。

「真的很抱歉。」

總一郎一如往常道歉後，副會長好不容易終於接受了，坐回座位上進行文化祭的文書整理。

總一郎在心中喘了一口氣。對話中斷，就在變安靜的這時候，從半開的窗戶傳來小提琴的聲音。不知道是誰在演奏，搞不好是沙織來學校練習了。總一郎心想要是這樣就好了，這時有人敲了學生會室的門。

「請進。」

回應之後，門從外側被打開了。

走進來的是總一郎的級任導師高津老師。他是一位年過三十的男教師，結婚第三年，最近與夫人的關係似乎亮起了紅燈。

「喔，你們在啊。」

「怎麼了嗎？高津老師。」

「正想告訴你們教職員會議的結果。」

包含總一郎在內，學生會成員的視線集中在站在門口的高津身上。

「通過了喔。下個月……六月一日開始，頂樓在放學後也會開放囉。」

學生會成員們先是彼此對看，然後眨了兩、三次眼睛。

接下來的瞬間——

「太棒了～～！」

副會長擺出萬歲的姿勢跳起來，總務也跟著這麼做。書記開心地鼓掌，會計則做出了爽快的勝利姿勢。

而最重要的總一郎，似乎還不太能理解。

「真的嗎？」

「我怎麼可能對這種事扯謊啊。不過，就是這麼回事。館林的熱忱讓教職員全體通過了。啊，這個是頂樓的鑰匙，學生會要好好管理喔。」

走進學生會室的高津，把銀色鑰匙交到總一郎手上。

「還有就是細節的部分……」

總務打斷正試圖開始說明的高津。

「會長，我們來慶祝吧！我去買果汁！」

他如此說著便衝到走廊。

「既然這樣，福利社！要辦派對的話，也需要零食吧！」

副會長也追了上去。

「啊、喂！今天是星期日，福利社沒開喔！」

「那我去附近的便利商店買！」

「你們好歹也聽一下老師說話吧……」

高津有些落寞的樣子。

在這之中，總一郎還處於恍神狀態。

「喂，會長，振作一點啊。」

會計丟了揉成團的資料過來，擊中總一郎的腦袋。

他規矩地撿起滾落在地的紙團，丟到垃圾桶。

「沒有啦，總覺得很不可思議。」

「哪裡不可思議？這是會長勤於走動教職員室的成果吧。開心點啊。」

「我不是指那個……我沒想到你們會這麼高興。」

會計瞬間睜大了雙眼，又立刻轉為笑臉。

「大概是因為我們比你想的還要喜歡認真處理學生會工作的你吧。」

「這樣啊。那真是……讓人很感激呢。」

總一郎也自然而然露出笑容。

買完東西回來的副會長與總務，兩手滿滿都是零食與果汁。結果是由還留在學生會室的高津掏腰包請客，大肆慶祝了一番。

散會是在兩個小時之後，時間過了下午五點。

眾人整理好亂七八糟的學生會室，把大量剩下的果汁放進冰箱，剩下的零食則分配好各自拿回家。

準備要回家時，總一郎一個人來到教職員室，向贊成開放頂樓的老師們致謝。

「非常感謝各位。」

離開教職員室後，前往鞋櫃的方向。

在靜悄悄的校舍裡前進，總一郎察覺身體正被與這寂靜不相稱的興奮感支配。

有一股想要在走廊上狂奔的衝動。

不過，實際上他並沒有奔跑。他並不是會因為四下無人就破壞規則的人。

他走下樓梯，途中背後傳來叫喚的聲音。

「館林同學。」

回過頭去，沙織正從後方追上來。

兩人在樓梯平台相遇。

「是為了學生會的工作？」

「嗯，是啊。」

沙織是來練習的吧。只見她手上提著小提琴的盒子。剛才聽到的演奏聲，說不定正是沙織。

「……」

不知為何，沙織覺得不可思議似的望著總一郎的臉。

「怎、怎麼了？」

「發生什麼好事了嗎？」

「咦？」

「因為你笑咪咪的。」

總一郎慌張地繃緊表情。

「好可惜。剛剛明明是很棒的表情。」

沙織似乎很遺憾。

「姬宮，妳現在有時間嗎？」

想都還沒想，話就已經先說出口了。

「嗯，反正練習也結束了，只是要回家而已，沒有什麼急事。」

「那麼，可以陪我一下嗎？我有東西想讓妳看。」

「想讓我看的東西？」

「跟我來。」

總一郎曖昧地回答沙織的問題，默默爬上樓梯。

回到二樓，繼續爬上三樓。還沒要停下來。

「再上去就是頂樓囉？」

「我知道。」

「現在應該沒有開放。」

這時，兩人來到連接頂樓的門前。

「每年有許多來自全校學生希望開放頂樓的請求，今年學生會也跟老師們進行協調了。」

「是這樣嗎？你從來沒跟我提過嘛。」

「因為可以的話，我想給妳驚喜……然後，今天獲得許可了。下個月……從六月一日起，放學後頂樓也是開放的。」

「就算這樣，今天也才五月二十三日。」

「我有這個東西。」

總一郎從口袋裡掏出銀色的鑰匙，拿給沙織看。

「正經八百的學生會長要違反規定嗎？這就叫做濫用職權喔。」

沙織如此指正，表情看來卻很高興。

「即使假日，我還是過來學校處理學生會的工作。這麼一點好處應該不會遭天譴吧。」

「即便如此，館林同學還是不適合違反規範。」

「是啊。因為我沒做過這麼大的壞事，所以現在手抖個不停。」

他用還在顫抖的手，把鑰匙插入固定門把的鎖頭，正準備轉動時——

「等一下。」

沙織出聲阻止。

總一郎想提出疑問，這時沙織的手觸碰他握著鑰匙的手。

「這樣就是共犯了。」

兩人一起轉動鑰匙。

手指傳來喀嚓聲的確實感觸。

總一郎與沙織對看，彼此點了點頭。

緩緩轉動門把，打開連接頂樓的門。

如果是這個時間，眼前應該可見大紅色的夕陽……原本是這麼想的，沒想到現實並非如此。

「啊。」

總一郎嘴裡忍不住發出茫然的聲音。

天空布滿灰色的雲，雨滴使視線變得模糊。

「……今天是雨天啊。」

總一郎帶著抱歉的心情垂下頭的那瞬間，視野當中沙織的腳卻飛奔了出去。抬頭一看，便看到毫不在意會淋溼，跑向頂樓的沙織背影。

「好棒，好棒喔。」

她發出雀躍開心的聲音。

轉過頭來開心地露出笑容。

「館林同學也過來吧？」

總一郎回應邀請，踏出腳步。他一邊走著一邊從書包裡掏出摺傘。

來到沙織的身邊，為她撐傘不讓她淋溼。因為這樣，總一郎的身體有一半在傘外。沙織望著總一郎逐漸淋溼的肩膀。

「館林同學好溫柔喔。」

「妳突然在說什麼？」

「我是真的這麼認為。」

映入眼角的沙織側臉，看起來似乎很開心。

「第一次聊天的時候，你也分了半個鯛魚燒給我。」

「那個時候……因為妳的份被上井草大口啃掉，所以非常沮喪。我覺得妳很可憐。」

「我有那麼沮喪嗎？」

「一臉像是玩具被搶走的小朋友的表情。」

「應、應該沒有到那種程度吧……」

沙織露出彆扭的表情，把臉別開。

「而且，其他還有像是陪我念書。」

「嗯？」

總一郎還在想是在說什麼，後來立刻發現是延續剛才的話題。

「會幫我搬樂器，也陪我一起找樂譜。」

「那些並不是什麼大不了的事吧。」

「像現在也是，只為了不讓我淋溼就把傘移過來。」

沙織得意地從旁邊抬頭看著總一郎。

「還有，你該不會也記得吧？頂樓的事。」

身體左半邊露出傘外的總一郎，肩膀已經變得又濕又重。

——我希望放學後也能到頂樓。

當然記得。

「所以，館林同學真的很溫柔。」

沙織的話不可思議地揪住了總一郎的胸口。

他不由得覺得呼吸困難。

這一定是因為沙織誤會了。因為她沒察覺。總一郎一旦這麼想，伴隨著感覺窩囊的心情，與無法承受的情感一起湧上來，自然而然開口說道：

「姬宮搞錯了。」

「我嗎？」

「我一點也不溫柔。」

「你有聽我剛剛說的話嗎？」

「不是的。」

「什麼東西不是？」

「我並不是對誰都如此。」

「……」

「不管是鯛魚燒或是搬樂器。當然，就連撐傘也一樣，還有頂樓開放的事……說什麼全校學生的請求，根本只是藉口！」

「館、館林同學？」

內心的動搖促使沙織聲音顫抖。她應該已經隱約察覺總一郎要說些什麼了。即使如此，現在的狀況也無法倒帶。

「因為是姫宮。」

「……」

「因為是姫宮，所以我才會這麼做。」

「……」

「全部都是因為姫宮……所以，不要誤以為我很溫柔！」

「嗯、嗯。」

「我喜歡姫宮。」

「……」

說了。終於說了。途中腦袋逐漸空白，什麼也無法思考。總一郎並不知道說了之後該怎麼辦，也沒決定要怎麼做。

沒想到自己竟然告白了……感到最驚訝的就是說出口的總一郎本人。

「……」

「……」

沉默佇立了大約一分鐘。

不過，總一郎立刻無法忍受，催促沙織：

「我、我們回家吧。」

「嗯、嗯……」

兩人從頂樓返回校舍。

之後便不發一語地下樓梯，往鞋櫃走去。

總一郎換好鞋子，等待沒帶傘的沙織時，聽到這樣的聲音：

「我、我也喜歡你。」

「咦？」

他驚愕地回過頭去，只見沙織羞澀地低著頭縮著身子，雙頰泛紅，目光向上看著總一郎。

「呃……」

這種情況該做些什麼才好？這是連成績優秀的總一郎也無法解開的問題。

「妳剛剛說什麼？」

「你不先再說一次，我是不會說的喔。」

因為難為情與剛萌芽的幸福感，腦袋完全短路。

「啊、我、我……我喜歡姬宮。」

「我也喜歡你。」

越是試圖做些什麼就越是焦急，汗水狂冒個不停。

總一郎好不容易擠出來的結論只有一個。

「明……」

「明？」

「明天學校見！」

總一郎說著把手上的摺傘硬塞給沙織後，朝雨中飛奔出去。

「啊，等一下！」

他沒有停下腳步的打算，卻因為沙織的聲音而渾身僵硬。

「明天見。」

他回過頭去，看到沙織輕輕揮著手。

被她這麼可愛地目送，總一郎衝刺般狂奔。

回過神來，自己正發出意義不明的吶喊。一看見路上積水，就氣勢猛烈地一腳踩進去，飛濺上來的水花讓人覺得很舒暢。

身體好輕盈。即使想維持平常心，身體卻跳躍著，內心感到雀躍。

映入眼中已經見慣的景色，現在看來格外鮮明。

即使還在下雨，但這一點也不重要。

現在，世界正閃閃發亮。

莊的寵物女孩

學生會長的皓皓女孩〈下〉

在這世上，發生了奇蹟般的事。
向她說出我喜歡她，她也回應她喜歡我。
也許有人會認為要稱之為奇蹟，未免太微不足道。
不過，除此之外，我不知該如何形容這令人感到滿足的心情。

1

在早晨清新的空氣之中，擔任水明藝術大學附屬高校——通稱水高學生會長的總一郎，睡眼惺忪地來到學校。

已經通勤慣了的上學路上，沒有其他學生的影子。這條路上要充滿水高的學生，大約是在三十分鐘之後。

雖然沒有特別需要處理的急件，不過自從成為學生會長以來，每天提早上學已經變成總一郎的習慣。

「呼啊～～」

他一臉痴呆地打了呵欠。如果是平常，並不會因為早點出門就頻頻打呵欠……

原因出在昨晚完全沒睡，理由當然不用想也知道。

因為開放頂樓的事，昨天總一郎順勢向長久以來單戀的女學生……姬宮沙織告白了。

而且，得到的回應是……

——我也喜歡你。

如此一來，要不興奮也難。

總一郎穿過校門，走在筆直連接通往鞋櫃的路上，旁邊的運動場進入視野當中。在進行晨練的是足球社，現在正是比賽的最高潮。

背後傳來社團的吆喝聲，總一郎走進校舍入口。移動到自己的鞋櫃前，拿出室內鞋。這時，鞋櫃後有人走了出來。

「啊。」

總一郎聽到這樣的聲音，抬起視線。

站在那裡的，是自己認識的人。這也難怪，因為那就是昨天總一郎告白的對象。對方也露出驚訝的神情看著總一郎。

以女孩子來說，身材算修長。成熟的五官，凜然的眼眸讓人印象深刻，與其說可愛，倒不如說更適合美人這樣的形容詞。讓人不禁感到不可思議，不知是怎麼整理的鬆軟短髮上，現在也戴著大大的耳機。

沙織與總一郎同樣是三年級生，只不過相對於普通科的總一郎，沙織是名額僅十名的音樂科學生。

「……」

「……」

總一郎與沙織維持對看的姿勢，僵硬了好一陣子。

告白進行得很順利，在確認過彼此情感的隔天，到底該以什麼樣的表情聊些什麼才好。雖然至今一直很認真聽課，不過課堂上卻沒教過這種東西。

比起這個，窄門大學的考試問題壓倒性簡單多了。

「啊、呃……」

好不容易擠出聲音。

「早、早安啊，姬宮。」

「嗯、嗯，早安，館林同學。」

「……」

「……」

雖然勉強才成功對話，但除了打招呼，卻沒能繼續聊天。光是這些，總一郎的腦袋已經陷入失控狀態。視野旋轉晃動，開始狂飆莫名的汗水。

沙織似乎也是類似的狀況，雖然張著嘴試圖說些什麼，最重要的話卻始終說不出口。因為怕冷場，手還無謂地上下晃動。

「妳、妳今天真早啊。」

「啊、嗯……因為想稍微練一下鋼琴。」

「……」

「……」

雖然試著延續話題，無論如何還是會中斷。

對這樣的兩人，有個意外的人物出聲了。

「你們兩位一大早就彼此對望，是發生什麼事了嗎？」

來到總一郎身邊的，正是連續三年都同班的三鷹仁。

「三、三鷹！」

「什、什麼事都沒有喔！」

兩人接連開始辯解。

「既然這樣，學生會長能不能讓開一下？我拿不到室內鞋了。」

「啊，喔。抱歉。」

總一郎讓開了。他的鞋櫃下面就是仁的鞋櫃。

「三鷹，你今天怎麼這麼早來學校？」

總一郎不想被敏銳的仁察覺與沙織的事，隨意開了個話題。

「留美小姐說有工作，要出門上班。因為跟她一起出門，就變成這樣了。」

留美是仁交往的較年長的女性。事到如今也不是什麼值得驚訝的事，似乎只是從過夜的地方直接過來，所以比較早到。

「三鷹今天也一樣很差勁呢。」

沙織毫不留情地投以輕蔑的目光。

不過，仁並沒有對此做出反應，換上室內鞋，以稀鬆平常的口吻投下震撼彈。

「那麼，學生會長跟皓皓已經開始交往了啊？」

「你、你在說什麼？」

好不容易才維持冷靜，總一郎如此回應。

「嗯～～算了，如果你想這樣，我可是無所謂喔？我會假裝沒發現，從今以後對兩位投以溫熱的關懷視線。」

「既然你都已經發現，就不要假裝了！」

與其被他在心中竊笑，不如面對面挖苦還比較好。不，因為兩邊都是地獄，或許一樣糟……

反正，總一郎已經做好心理準備，不管被說什麼都無所謂了。

「那就恭喜兩位了。」

沒想到仁只是這麼說著，便立刻前往教室。

「啊、喂，三鷹。」

總一郎忍不住叫住他。

「嗯？」

「只有這樣嗎？」

原以為他還會說些有的沒的，真是萬萬沒想到的掃興。沙織也一臉出乎意料的表情看著仁。

「搞什麼啊，要我送什麼臨別禮物嗎？學生會長真是意外地厚臉皮啊。」

「沒人這麼說吧。我只是想說你平常的喋喋不休到哪去了。」

「如果多調侃一下會比較好，我就這麼做囉？」

「不、不！不用了！你什麼也別說！」

「祝你們永浴愛河，真是天作之合啊。」

仁以一如往常輕浮的調調說著，一邊轉身離開，卻沒想到在他走了約三步距離時又停下來，說著「啊，對了」立刻走回總一郎身邊。

「拿去。」

折返回來的仁，遞出像是票的東西。

「這是什麼啊？」

總一郎如此詢問，一邊讀起了票上的文字。

——蛋糕吃到飽免費招待券

是在隔壁車站的購物中心，最近開幕的人氣商店。

「正如你所見，是蛋糕吃到飽的招待券。」

「這我當然看就知道。我要問的是，你為什麼要給我這個東西？」

「姑且就當作是臨別的禮物。」

「我剛剛不是說了不需要這種東西嗎？」

「可是，皓皓看起來很有興趣喔？」

總一郎感覺到有人的氣息而轉過頭去，不知何時來到身旁的沙織，正挨著自己的身子探頭看著招待券。

「我、我才沒有很想要。三鷹你誤會了。」

「那可真是失敬……算了，反正就是這麼回事，兩位可以在這個星期日去看看啊？」

「這到底又是哪回事啊？」

沙織將雙手扠在腰上，向只是隨口說說的仁投以受不了的視線。

「既然兩位正在交往，約個會也很平常吧。」

因為這句話，總一郎與沙織對看，不到一秒兩人便滿臉通紅地把視線別開。

告白後開始交往，從昨天就一直靜不下來，所以沒想到之後的事。人們成為男女朋友之後，就會在假日進行所謂的約會，去看電影或吃飯。

「那麼，就這樣囉。」

這次仁真的揮揮手，走上樓梯，很快就看不見人影了。

鞋櫃前只剩下總一郎與沙織兩人，飄盪著奇妙的緊張感。

「……」

「……」

彼此都無法正視對方的臉。

「呃……那個……」

「那、那個……」

兩人鼓起勇氣試圖聊天，時間點卻剛好重疊在一起。

「什、什麼事？」

「館林同學才是，有什麼事？」

「妳先說吧。」

「嗯，不。我沒關係……」

接著再度因為不好意思而沉默。

「……」

「……」

結果越是陷入沉默，就越覺得難為情。

「那、那個……」

總一郎下定決心，再度開口。

「什、什麼事？」

「啊、不、不，就是……既然我們正在交往，約個會也很平常吧。」

「是、是啊。嗯，絕對是這樣沒錯。」

「所以，那個，呃……下次放假我們一起去吧。」

「啊，嗯。一起去吧！浪費了招待券也不太好。」

就像這樣，總一郎與沙織約定了第一次約會。

2

六月最後的星期日。穿著便服的總一郎，在藝大前站的剪票口附近等待沙織。雖然是被仁誘導才成立的約會，但因為與被練習鋼琴的時程追著跑的沙織時間兜不攏，在那之後過了一個月，今天終於能一起出門。

據說沙織今天上午也排了鋼琴練習，所以自由時間只有下午。

總一郎看了時鐘，距離約定好的下午兩點還有十分鐘。

他為了甩開心神不定的情緒，張望四周。

車站前的便利商店玻璃上，映出總一郎全身。身穿白底縫線圖案的帶領襯衫，下身是簡單的丹寧褲。他姑且試圖做不要太奇怪的打扮，但畢竟沒有穿便服與沙織見過面，所以不知道她會有什麼感想。

把玻璃當作鏡子，稍微調整瀏海。平常明明就算在鏡子前面，也不會在意這些……

他對自己苦笑，呼了口氣。仰望天空，把目光從靜不下來的自己身上移開。

頭上籠罩著厚重的雲層，是有些可惜的詭譎天氣。不過，梅雨季這個時期本來就很難見到清爽的晴空，況且第一次約會這個原因，也不會微小到只因為區區天氣就影響心情。

這一個月以來，兩人一起在餐廳用餐、到頂樓談天、一起放學回家。雖然光是這樣就讓人很開心，不過兩人好不容易交往了，總會想做些特別的事。在過了一個月後的今天，總一郎的願望終於實現了。

正在想著這些事的時候，在公車搭乘處另一頭看到了沙織的身影。她身穿帶領白襯衫，下身是黑色短裙，同樣黑色的絲襪，腳上穿著只到腳踝的焦糖色短靴。整體配色沉著穩重，成熟又樸素雅緻，散發出家世良好的大小姐氣息。

沙織一發現總一郎，便小跑步過來。

「對不起，讓你久等了。」

「不會啦，離我們約定的時間還有五分鐘。」

「我知道館林同學一定會早到，所以本來想早點出門的……」

大概是有什麼感到在意的地方，沙織越講越小聲。

「那個……不知道該穿什麼衣服才好……會、會不會很怪？」

「很適合妳。」

「……謝、謝謝。」

再度端詳雙頰微微染上紅暈的沙織的打扮。仔細一看，裙子有襠部，這才發現構造與褲子很像。大概是所謂的褲裙吧。

「館林同學跟穿制服時的印象不太一樣呢。」

「這、這樣嗎?」

「學生會長的感覺變得比較淡。」

「這是在稱讚我嗎?」

「能看到珍貴的一面,我覺得很滿足喔。」

沙織似乎感到很有趣般笑了。

「真是微妙的意見啊。」

「騙你的啦。穿這樣很適合你。」

沙織說著,踩著雀躍的腳步準備穿過剪票口。總覺得今天她的情緒很高昂。

「館林同學?你不走嗎?」

沙織催促著茫然望著自己背影的總一郎。

「啊,我馬上過去。」

他與沙織先後穿過剪票口。

「怎麼了嗎?我看起來果然很奇怪?」

「不是那樣……只是覺得今天的姬宮好像比平常興奮。」

「這樣嗎……嗯,不過我有自覺,因為我一直很期待呢。」

「期待蛋糕吃到飽?」

「期待跟館林同學約會。」

她一臉鬧彆扭的表情糾正。

「這、這樣啊。那真是我的榮幸。」

總一郎被如此斬釘截鐵說著，也只能掩飾難為情。

搭上進站的電車約三分鐘後……抵達隔壁站的總一郎與沙織，立刻來到蛋糕吃到飽所在的購物中心。

確認入口處的指示板，掌握了餐廳樓層的位置後，兩人觀望著沿途的商店，前往目的地自助咖啡廳。

因為適逢假日，可以看到許多家族或情侶檔。就他們來看，也會覺得總一郎與沙織是其中的一部分吧。

「我們看起來也像情侶嗎？」

「我想應該是……」

看來沙織也在想著同樣的事。光是這樣，總一郎都要笑開了。不過因為不想被看到難看的樣子，所以拚命忍耐。

兩人說著這些話的時候，發現了目標商店。

外頭擺放著蛋糕吃到飽的牌子。

兩人在入口處向店員出示仁給的票，店員便笑容可掬地帶他們到座位上。店內籠罩著香甜的味道。接下來似乎就可以自己拿餐盤去拿取蛋糕了。

「那麼，我們趕快去拿吧。」

「嗯。」

總一郎與沙織一起前往櫃台。從桌子這端到另一端擺放著滿滿的蛋糕，草莓蛋糕、乳酪蛋糕、巧克力蛋糕、蒙布朗，還有水果塔與各種派，一應俱全。貼在櫃台側邊的海報上，寫著共有八十種以上的蛋糕。

這輩子第一次看到這麼多的蛋糕。

「有這麼多種類，我都看得眼花撩亂了。好棒喔。」

沙織眼眸閃閃發亮，總一郎看著她的側臉看到入神。

這時，兩人偶然目光對上。

「幹、幹嘛？」

「原來姬宮也這麼喜歡甜食啊。」

「很奇怪嗎？」

沙織往上看著總一郎問道。

「不奇怪……就像普通的女高中生。」

「我就是普通的女高中生啊。不然館林同學以為我是什麼？」

「因為妳比一般女高中生成熟，所以……」

「我可沒有謊報年齡喔。」

「不，我不是這個意思……」

「總覺得館林同學對我有所誤解。」

鼓著臉頰的沙織，對總一郎表示不滿。不過，與其說可怕，倒不如說只讓人覺得很可愛。四目相對實在讓人靜不下來，總一郎便慌張地把注意力移到蛋糕上。

「關於這件事，要不要邊吃蛋糕邊聊？畢竟還有九十分鐘的限制時間。」

然後如此說著，試圖矇混過去。

「嗯，說的也是，就這麼辦吧。可是，有這麼多種就不知該怎麼選……怎麼辦？」

手持餐盤的沙織喃喃說著。

「如果是美咲，絕對會征服全品項吧……」

「因為那傢伙是超越人類常識的存在啊。」

沙織自然露出苦笑。上井草美咲，如果用一句話來形容，就是個外星人。與總一郎及沙織同年級，隸屬於美術科。聽說她跟仁是同鄉，兩人是青梅竹馬。

「嗯～～要吃哪個好呢？」

「要是那麼煩惱，妳要不要也挑戰看看征服全品項啊？」

「那不是會讓人不敢量體重嗎？」

「……」

對於預料之外的反應，總一郎目不轉睛地盯著沙織看。

「我、我先聲明，我也是會在意體重的喔。而且，我也不想讓館林同學說我胖了。」

沙織說著把手放到腹部。看起來一點也不像有贅肉……

「啊、不，我不是指體重，只是沒想到妳真的想挑戰全部吃完，所以覺得很驚訝。」

雖說是迎合吃到飽，每一種蛋糕都做得比較小，不過有八十種以上，以總量來說還是很可觀吧。即使是男性的總一郎，吃一半大概就受不了了。

「那、那是……總覺得今天的館林同學很壞心眼。」

她一臉鬧彆扭的表情，這神情同樣也很可愛。也許就是因為這樣，才會讓人想調侃她。

「抱歉，別生氣了。我大概也有點處於興奮狀態。」

「這又是為什麼？」

「不用我說，妳也知道吧。」

要面對面老實回答，實在是太難為情了。

「因為跟我約會嗎？」

不過，看來沙織無論如何都想要他說出口。

「是、是啊。」

「那麼，那個……我就原諒你囉。」

「那真是太感謝了。」

沙織露出燦爛的笑容。

「好、好了，來吃吧。」

心臟沒有強到足以正面承受這笑容的總一郎如此說著，伸手拿了取用蛋糕的餐盤。

「我有件事想拜託館林同學。」

不知為何，沙織露出嚴肅的表情。

「怎、怎麼了？」

「那、那個……有點難以啟齒。」

「別客氣，儘管說吧。」

「那麼，我就說囉……」

「嗯。」

沙織一邊微低著頭，向上看著總一郎。

「可不可以跟你分著吃？」

還以認真的口氣如此說道。

看來是真的打算吃完所有的蛋糕。

總一郎不禁笑出聲來。

「竟然嘲笑人家的請求，太過分了！」

「抱歉。」

「說是這麼說，你還不是一直笑！」

「真的很抱歉。我跟妳分著吃，原諒我吧。」

即使如此，總一郎的笑意還是停不下來。

「真是的……那我就原諒你……竟然還在笑。」

「那麼，要從哪邊開始好呢？」

總一郎擦掉笑過頭而積在眼角的淚水。總覺得今天不斷看到沙織意外的一面，盡是校園生活中看不到的珍貴樣貌。一想到這些全都是因為自己，就忍不住開心得渾身發癢。

「館林同學。」

沙織的雙眼盯著總一郎看。再繼續笑的話，恐怕真的會發火。總一郎一邊數著圓周率，一邊拚命忍住笑。

「那麼，已經決定好要從哪個開始吃了嗎？」

「在那之前，我還有另一個請求。」

「什麼事？」

「……我可以叫你總一郎嗎？」

「咦？」

如此提問的沙織目光落在附近座位，看起來感情和睦的情侶檔身上，兩人以名字稱呼彼此。

「啊，不、不行的話也沒關係。像以往這樣也完全沒問題！」

沙織把泛紅的臉別向旁邊，就連平常藏在耳機下的耳朵也都紅了。

「……我也可以叫妳名字嗎？」

「咦？」

「……」

連自己都覺得這真是大膽的發言，心臟激烈跳動。

「可以啊。」

「那麼，那個……沙織。」

「總一郎。」

光是這樣就受不了了，總一郎與沙織都低下頭。

「……」

「……」

從周圍看來，大概會覺得這裡正釋放出粉紅色的氣息吧。

這樣下去，身體實在受不了。總一郎為了轉換氣氛，決定專注在今天來這裡原本的目的上。

「好、好。來吃蛋糕吧。」

「嗯、嗯。」

總一郎依照沙織的指示，一個接一個將蛋糕放到餐盤上。吃完盤子上的蛋糕後，再去取用，不斷重複了好幾遍。

九十分鐘後，雖然漂亮地攻下全品項，不過遺憾的是，總一郎不太記得蛋糕的味道了。即便如此，與沙織的約會還是在總一郎的心中刻劃下非常甜美的回憶。

3

快樂的初次約會結束後，季節立刻由梅雨季轉變為夏季。每天晴朗的天空總是飄著巨大的白雲，取代原本灰色的厚重雲層。

沙織一如往常忙於鋼琴練習，不太有兩人能一起出門的時間。相對的，總一郎與沙織一起考前準備、一起吃中餐，時間能配合的話就一起回家，珍惜能夠見面的時光。

當然，會察覺兩人關係的人已經察覺到了，在暑假前的最後一個集合日，總一郎被學生會成員碎碎唸了一頓。

「會長是叛徒！」

首先開砲的是副會長。

「請告訴我交女朋友的方法作為懲罰！」

「副會長到底是在生氣還是在討教啊？」

「兩者都是！不，我剛剛是騙你的。請讓我也交得到女朋友～～！」

還被膜拜了。

「不過，真沒想到會是那位姬宮啊。」

一臉佩服的是學生會裡唯一的同級生會計。原隸屬於棒球社的腦袋，現在也剃得光溜溜的。

「我就直截了當問了，你們發展到哪裡了？」

探出身子如此發問的人是總務。

「對、對！我也想知道！」

這時，就連平常低調的書記也參一腳。

「我沒有道理要向你們說明這些事。」

「那當然是沒有啦～～」

不知道基於什麼原因，副會長嚴重陷入沮喪。

「未免太見外了吧！我們跟會長之間可是沒有任何隱瞞喔！」

「就是說啊！」

「就是說啊！就是說啊！」

副會長、書記與總務這二年級生三人組沆瀣一氣。

「牽手了嗎？」

「親嘴呢？」

「難分難解的大格鬥呢？」

「無可奉告。」

總一郎表情毫無變化，斬釘截鐵回應。

「你太殘酷了吧。」

「副會長，你知道那是什麼意思才說出口的嗎？」

「大致上的語感我還知道啦。」

總一郎對此充耳不聞，將視線落在文化祭預算相關的資料上。大概確認之後，便把資料交給會計。

「根據我的調查，兩人聽說已經進展到直呼彼此的名字了。」

會計將與工作毫無關連的情報，告訴其他學生會成員。因為會計與總一郎同年級，所以資訊獲得比較快。

「真的假的！」

副會長發出亢奮的聲音。

「會計，少多嘴。」

「只說這些應該沒關係吧。最近因為文化祭相關工作忙不過來，這些傢伙們也很辛苦。」

「別把我當成解悶的道具，會害我累積壓力吧。」

「那就請美人女友幫你療傷吧。」

還一臉認真地如此回應。

「就是說啊！順便把進展到哪裡也一起說出來嘛！」

副會長手撐在桌上，猛然把臉靠近總一郎。總一郎在他頭上壓上沉甸甸的厚重資料。

「咕耶！」

副會長發出青蛙似的聲音被壓扁了。

「今天之前把這個整理好。不現在立刻動手的話，會回不了家喔。」

「太蠻橫了！」

「就是說嘛！就是說嘛！」

「就是說啊！」

總務與書記出手搭救副會長。

「真湊巧啊，也有要請總務跟書記做的工作。」

總一郎如此牽制。

「哇！不，一點也不蠻橫！是吧？書記。」

「嗯、嗯。會長是擁有極優秀人格的人。」

兩人非常乾脆就變節了。

「啊！你們太奸詐了！不要全部推給我！」

副會長慌張地向兩人提出抗議。不過，書記與總務都裝出一臉不知情的樣子。總一郎一看到這景象，不禁笑了出來，心想他們已經建立了這麼好的關係。

「書記跟總務也幫副會長處理工作吧。」

「好～～啦。」

「真沒辦法啊。」

「你們兩個～～」

最後副會長也開始向書記與總務抱怨。

這又同樣引得總一郎發笑。

學生會剛成立時，老實說總覺得盡是一些不可靠的成員，現在卻覺得除了目前的成員，不做他想。對於能在這其中擔任學生會長，總一郎感到很幸福。

身為學生會長從事有意義的工作，還有人人稱羨的美人女友……就在如此充實的日子當中，第一學期結束了。

暑假接著到來。對總一郎而言，這是高中生活最後的暑假了。對於考試在即的高中三年級生，也是決定勝負的夏天。話雖如此，總一郎在第一學期結束的同時，已經確定獲得推薦直升水明藝術大學。

「我已經順利錄取傳播學系了。」

總一郎在暑假的第一天便向沙織如此報告。可以的話，希望未來在新聞圈工作，因此選擇了傳播學系。

「要是全學年第二名還無法推薦直升，那就大有問題了。」

沙織以認真的口吻說了。

「不過這也很難說。要是連學系都跟上井草一樣，說不定可能因為名額的關係被刷下來。」

全學年第一名理所當然在直升推薦上是優先的。

「美咲要念的是影像學系喔。」

「嗯，我知道。所以雖然覺得絕對沒有問題，不過實際確定合格還是稍微鬆了口氣。」

「我對總一郎的事倒是一點也不擔心喔。不過……還是恭喜你通過了。」

「謝謝。也恭喜沙織。」

「嗯？」

「音樂學系的直升推薦，妳當然也上榜了吧？」

有了鋼琴的實力與跟總一郎的讀書會，即使在學力方面也位居音樂科之冠的沙織，當然不可能沒通過。原本說來，音樂、美術等藝術科的學生，在進入水高時已經通過了極低的錄取率。只要沒有意外，可說是保證能夠推薦直升。

「啊、啊……這件事啊，嗯、嗯。」

「沙織？」

不知為何，總覺得她回答得有些含糊。

「不，沒事。只是一想到已經來到聊畢業、大學這些話題的時期，就覺得有些驚訝……」

「被妳這麼一說，的確有種靜不下來的感覺。」

「這種時候就該說些開心的話題。」

「比方像是『暑假要去哪裡玩』之類的？」

「嗯，這個不錯。」

不用擔心考試的兩人，針對暑假的計畫做了許多討論。然而這些實際上卻幾乎無法實現。即使在長假期間，沙織的時間還是被練鋼琴填得滿滿的，就連想悠閒見面的時間也沒有……

即便如此，七月的最後一天，兩人還是一起到附近參加了沙織說一定要去的煙火大會。

穿著浴衣的沙織實在美極了，總一郎看著沙織的時間說不定比看煙火的時間還來得多。

「什麼事？」

「沒、沒事。」

「看得入迷了？」

「是、是啊。」

總一郎改變態度，老實坦白，沙織便調皮地笑了。

「作戰成功了。」

「作戰？」

「『穿浴衣緊緊抓住總一郎視線作戰』。」

「那是什麼啊……」

「想出作戰名稱的可不是我喔。是我弟弟。」

「沙織妳有弟弟啊？」

「嗯……這麼說來，我好像沒跟你提過吧。」

「應該沒聽妳說過。」

「他小我三歲，傲慢乖張。昨天跟他講電話的時候，偶然聊到今天要約會……」

究竟是什麼樣的發展，才會跟弟弟聊到約會的事呢？對於沒有兄弟姊妹的總一郎來說，實在不太明白。

「一開始我打算穿普通的衣服，不過弟弟極力勸說除了浴衣沒別的了。」

「這樣啊。那就得感謝這位弟弟囉。」

「感謝？為什麼？」

「託他的福，我才能看到沙織穿浴衣的樣子。」

「總覺得這好像三鷹會說的台詞喔。」

總一郎聽了露出打從心底覺得厭惡的表情。不過，在旁邊看著的沙織很開心地笑了，因此總一郎也就覺得無所謂。

八月，兩人也很合時宜地去了游泳池。第一次見到沙織穿泳裝的樣子，實在太過耀眼，充滿魅力，叫人幾乎無法直視。她身穿看起來很有氣質的白色比基尼。會有這樣的感覺，大概因為是她穿著的關係吧。

「看起來果然很奇怪嗎？」

大概是對於總是把目光別開的總一郎感到不安，用手遮住一半身體的沙織如此問道。

「……沒那回事。不是那樣，只是不太好意思直盯著看。」

「這、這樣啊……我也覺得被盯著瞧很難為情。平常在室內彈鋼琴的時間很長，那個……也沒有跟女性朋友來游泳池的經驗……所、所以也是第一次穿這樣的泳裝。」

「喔、喔。」

總一郎聽了便立刻轉向側面。

「就、就算是這樣，你也不能老是看著其他女孩子啊。與其看其他女孩子，還不如就看著我……啊、不，可是要是被盯著看也會很困擾，所以那個……」

「不是，我不是因為這樣才看旁邊！我對沙織以外的人沒興趣。」

「那、那就好……那、那個……總一郎。」

「什麼事？」

「看、看起來怎麼樣？」

沙織的臉依然轉向旁邊，把手移到背後勾著，讓總一郎仔細看看自己穿泳裝的樣子。

「很適合沙織。」

「這、這樣啊。那就好。這是我跟美咲一起去買的，店員也說一定會很可愛，不過我還是很擔心。」

沙織的眼神似乎傾訴著希望總一郎再說一次。

「真的很適合妳，適合到我都不想讓其他人看見了。」

這時，緊張從沙織的表情上消失了。

「那麼，要不要現在就回家？」

還帶著有些開玩笑的口氣。

「這真是叫人難以抉擇啊。」

如果現在回家，就可以避免其他男人看到沙織穿泳裝的樣子，不過總一郎自己也看不到了。

嬉鬧的沙織，往認真陷入思考的總一郎臉上潑了泳池的水。

覺得思考這些事顯得很愚蠢的總一郎，這一天與沙織在游泳池玩到精疲力盡。

除了參加煙火大會還有去游泳池以外，總一郎與沙織的關係並沒有出現特別的狀況。硬要說的話，也只有總一郎到學校參加學生會集合時，會與來練鋼琴的沙織進行打招呼程度的交談，或者以簡訊相約一起回家。

彼此都不勉強，珍惜能見面的時間，兩人一點一點縮短了距離。對仁來說，說不定是比烏龜還慢的速度。不過，總一郎對於目前的關係感到很舒服，而且相信沙織也是同樣的想法。

他對於這樣的日子未來也會緩和持續下去感到深信不疑。

直到從沙織的口中聽到那件事為止……

4

暑假結束，第二學期開始，季節的變化逐漸加速。天氣一週比一週涼爽，酷熱的夏天逐漸被拋下遠去。

總一郎強烈感覺到秋意，是因為水高的一大活動——文化祭已經逐步逼近。

正式進入活動準備，工作量之大，除了放學後，就連中午也不得不在學生會室集合。

「已經受不了了！我快要過勞死了！」

總是率先發牢騷的副會長，九月中旬就說出這樣的洩氣話。即使如此，還是比身為會長的總一郎更四處奔波，努力工作，是個不一邊抱怨就無法工作的可憐男人。

就在如此忙於文化祭的準備工作當中，九月、十月的月曆輕易就被翻頁了。

接著，隔天文化祭即將舉行的這一天——十一月二日……發生了對總一郎造成衝擊的事件。

這天，總一郎忙於文化祭前一天的準備工作。活動在即，卻有像是班級節目的材料不足，或是希望調整使用體育館的時間之類的提議或問題大量湧入學生會室。

「真是的，這些都不是到了現在才反應的問題吧！」

總一郎大步走在文化祭前一天雜亂的走廊上魯莽地前進。紙箱及膠合板靠在牆邊，油漆與噴漆的味道隨風飄盪。今天一整天是準備日，所到之處全是奔走張羅的學生。

「不管哪一件都是事前就該知道的。」

總一郎以手上的資料確認下一個需求，又咒罵了起來。實在是太過忙碌而失去從容。

儘管如此，他還是盡可能試著回應提報過來的需求，希望不管是誰都能留下美好的回憶。

他深信這一定能成為點綴高中生活的記憶，水高的文化祭擁有這樣的力量。畢竟它曾經只花了一天，就讓對什麼都沒興趣，國中時期只是一路玩樂的總一郎，決定「報考這間學校」。

對總一郎而言，文化祭也是有特殊感情的活動，所以想盡可能做好能做的事，不要留下任何後悔……今年是最後了。對學生會長而言，文化祭就是最後的工作……

途中剛好路過自己的班級。這邊幾乎都是交給班上的文化祭執行委員負責。他從門口探頭往裡面看，擔任執行委員的男同學便舉起一隻手，嘴角浮現笑容。

「這邊沒問題。」

「拜託你了。」

總一郎如此回答，一邊尋找某個人物。那個人正要從教室後方的門走到外面。

「喂，三鷹。」

他追上已經來到走廊的仁。

「喲，學生會長，好久不見了。」

「今天早上不是才在班會見過嗎？」

回過頭的仁露出嚴重疲憊的神情。這幾天應該幾乎都沒睡吧。如果是因為忙於準備班上的節目就好了，不過總一郎知道並不是這麼回事。

仁居住的問題學生巢穴——櫻花莊，今年有六名住宿生。這六個人正計劃著要在文化祭提出什麼作品。

櫻花莊一開始是經由正式管道提出申請，心不甘情不願地與執行委員及大學學生會協議，還辦了節目內容說明會。當天由二年級的神田空太擔任櫻花莊代表，實際來到現場，不過當要開始說明時，似乎是發生了什麼狀況，被跑進來叫人的仁催促著衝出學生會室。因此，櫻花莊的志願參加並未被受理。

然而，從仁的疲憊狀況來看，可以清楚知道他們正在進行某些準備。既然知道這點，就不能放任櫻花莊為所欲為。

「那麼，有什麼事嗎？我可是很忙的喔？」

「你看起來只像是正要拿著書包回家。」

「我在這裡該做的準備都已經完成了，總不能搶了其他人的工作吧？這是高中生活最後的文化祭了，還是各自都留下回憶比較好吧。」

「你有什麼陰謀？」

「你講的話還真難聽啊。」

「非要我這麼問你才明白嗎？櫻花莊打算搞什麼鬼？」

前年美咲一個人在運動場上弄出地板畫，引發了大騷動。去年則是擅自占據場地，還穿著布偶裝說相聲，嚴重妨礙人潮動線。

諷刺的是，不管哪個都是盛況空前，所以才更棘手。既然要做，就該老實獲得申請許可。他們的創造力能做出讓客人開心的節目，極為優異出眾。

「正在創造美好的回憶。」

「別開玩笑了。」

「我可是很認真的喔。因為這是美咲的夢想之一。」

「……」

仁主動提出美咲的名字，讓總一郎有些驚訝。

「所以就算是學生會長，我也不會讓你阻撓的。抱歉啦。」

當然相對於自己說的話，仁完全沒有不好意思的樣子。

「我是要你們遵守規則，誰叫你宣戰了？」

「想知道就去問皓皓吧，她全都知道喔。」

真是令人討厭的回答。

「……」

九月底，總一郎就發現沙織協助櫻花莊作品的音樂製作。雖然現在沙織正透過鋼琴學習音樂，不過她未來的目標是作曲家，而非演奏家。

而且她也已經開始創作活動，負責過去美咲自行製作的動畫所有音樂。

這一次的文化祭，也多次目擊沙織拿著手寫的樂譜，與美咲進行討論。與她一起念書的時候，也發生過她突然把書桌當作琴鍵，讓手指在上面滑動的情況。

「沙織？」

每當總一郎察覺，便會帶著疑問呼喚她的名字。

「這個是……那個……沒什麼啦。」

而她總是若無其事地回應。

因此，總一郎不曾從沙織口中聽到她正在幫櫻花莊的事。恐怕是顧慮到學生會與櫻花莊因為文化祭的節目問題，關係不太好，所以刻意小心避開這個話題吧。

雖然總一郎倒是希望聽到沙織親口說出來……老實說，總覺得沙織被櫻花莊搶走了，所以心情不太愉快。

話雖如此，老是重複問同一個問題也很煩人，所以過了十月中旬，總一郎便不再把這件事拿出來討論。

或許是發現總一郎散發出這樣的氛圍，這次輪到沙織一副想說些什麼的樣子。

「那個，總一郎。」

「怎麼了？」

「……抱歉。沒事。」

每當兩人面對面，便重複這樣不乾不脆的對話。因此這一個月以來，兩人之間流動著微妙的空氣，這也是讓忙於文化祭準備工作的總一郎變得更暴躁的原因。

會比平常更強硬地找仁的麻煩，也是這個因素使然。簡單來說，就是遷怒他人。

「不用問沙織，只要在這裡跟三鷹談一談就能解決問題了。」

「感到煩躁的原因，全都出在我身上嗎？應該不是吧？如果有什麼不爽快，應該不是找我，而是直接跟皓皓談吧？」

即使在這種狀況下，仁還是對總一郎觀察入微。

「我並沒有……」

之所以沒辦法乾脆地否認，是因為自己也有所自覺。剛才會叫住仁，並不是出於身為學生會長「要阻止櫻花莊失控」的使命感，理由絕對比較傾向於最近與沙織之間的不愉快。對總一郎而言，沙織已經是這樣的存在了。

「算了，不管怎樣，我勸你還是跟皓皓坐下來談一談比較好。」

「……什麼意思？」

「不管怎樣」這句話，在目前這個情況讓人感覺不自然。

「文化祭結束之後，一眨眼就要畢業了吧。」

「你到底想說什麼？」

「我都說了，還是勸你跟皓皓談一談吧。」

「……」

雖然仁是個拐彎抹角得讓人覺得麻煩的男人，不過今天真的搞不清楚是怎麼一回事。總一郎漏看了什麼重要的事嗎？

「那麼，再見啦。」

仁拋下還在沉思的總一郎，走下樓梯離開。

「到底是什麼意思啊……」

即使試著說出口，還是搞不懂。

「……」

一旦開始在意，沙織的事便在腦海中揮之不去。不可思議的，至今從未感覺沙織如此遙遠，莫名感到心神不寧。

回過神來，總一郎已經穿過連接別棟的穿廊，來到音樂科使用的鋼琴練習教室。

狹小的隔間並排著好幾道門，是很少見的地方。

總一郎從小窗口窺探裡面，確認沙織在不在。

這時，背後傳來聲音。

「總一郎？」

「沙織。」

「怎麼了？你怎麼會來這裡？」

這裡確實是普通科學生不太會來的地方。

「……我有事想問沙織。」

「什、什麼事？」

雖然想不經意提起，卻感覺得到沙織已經採取備戰態勢。

「那個……妳沒有什麼話想對我說嗎？」

總一郎說著，自己也覺得莫名其妙。

「什麼意思？」

沙織的表情卻變得嚴肅。

「……」

「……」

「妳有什麼事瞞著我吧？」

至少總一郎沒聽沙織說過正在幫忙櫻花莊的事。只要能聽到這個，總一郎就滿足了。

沒想到沙織的回應完全出乎意料。

「你已經知道了啊？我要去奧地利留學的事。」

「……」

一瞬間，總一郎還沒能理解她說了什麼。

「啥？」

過了一會兒才發出驚愕的聲音。

留學。

剛剛沙織是這麼說的嗎？

奧地利。

是指畢業後就要去嗎？

沉重的事實逐漸將眼前染得一片黑。

「……不是嗎？」

看到總一郎的反應，這次反而是沙織感到驚訝。

「我是想問妳幫忙櫻花莊的事。」

「……」

看得出來沙織的臉沒了血色。不過，總一郎自覺自己的臉色恐怕比她還要慘白吧。

事到如今，他終於理解剛才仁的態度。

「原來是這麼回事……」

仁早就知道了。

「對不起！我一直很想跟你說！」

彷彿要蓋過沙織拚命的辯解，總一郎的手機響了。

他不發一語地接了電話。

『會長！你現在人在哪裡！』

一接通電話便滔滔不絕的人是副會長。

『明明說三十分鐘就會回來，已經三十五分了喔！工作堆積如山，請趕快回來！』

沙織帶著悲傷的表情，凝視著無言地聽著電話的總一郎。手機音量很大，沙織應該也聽得到內容。她的眼神訴說著要總一郎不要走，要他聽她解釋。

但他卻無法回應她的請求。

「真抱歉啊，副會長。我馬上回去。」

他只是這麼說完便收起手機，不發一語地走過沙織身旁。

「等一下，總一郎！」

即使聽到悲痛的叫喚聲，總一郎也沒有回頭。

5

文化祭順利結束的同時，總一郎也完成了學生會長的任期，將任務交接給下屆學生會。嶄新的學生會當中，有三個熟悉的臉孔。副會長成為會長，書記沒有變動，而總務當選為了會計。

總一郎也得以安心地卸任學生會長。

完成交接之後馬上就是期末考，而這也是一個一個順利解決了。

總一郎看著打完分數發還回來的第二學期期末考考卷，思考著毫無關聯的事。

——喜歡上某人之後，就會變得討厭自己。

第三學期幾乎是自由到校，所以實質上這就是最後的考試了。數學考卷上大大地寫著滿分一百分。

然而，總一郎的內心一點也不高興。

現在考試的結果根本就不重要。

得知沙織要去留學，迄今已經過了一個月。

總一郎無意識地開始折起考卷。

從那天以來，幾乎沒跟沙織說話。早上碰到面會打招呼，放學時間如果差不多，兩人也會一起回家。不過，都沒深入碰觸留學的事。不，應該是總一郎不讓她有碰觸的機會。雖然沙織幾次都試圖說出口，但總一郎總會打斷或改變話題，不願意去面對。

一個人獨處的時候，就會對窩囊的自己感到後悔得要死，心想明天要好好聽她說。只是每當面對面時，無論如何決心就是會動搖。

他內心十分清楚，確實理解。

音樂對沙織而言是特別的東西。正因為從小幾乎每天不中斷地持續練習，才有今天的沙織。

之前兩人曾在放學回家的途中，有過這樣的對話。

「沙織很喜歡鋼琴呢？」

「算是……喜歡嗎？」

本以為她會點頭同意，沒想到她卻彷彿在尋找自己的心，望著遠方的天空。

「不是嗎？因為看妳每天持續練習，還以為妳一定很喜歡呢。」

「……我想應該是喜歡。」

「妳雖然這麼說，聽起來卻好像很沒自信呢。」

「總覺得有些心虛。」

「心虛？」

「因為我根本不記得與鋼琴的邂逅。」

「……」

似乎聽到了很讓人意外的事。

「據我父母所說，我似乎是在三歲還是四歲就開始接觸鍵盤。可是，我擁有最久遠的記憶是已經會彈奏曲子的時候。我不認識不會彈琴的自己，所以我並不覺得是我自己選擇音樂的。」

「這讓妳覺得心虛？」

「也許說不安會來得比較恰當一些。」

如此喃喃說著的沙織，嘴角僵硬地露出笑容。

「那是沙織選擇的，絕對是妳自己選擇的。」

「是這樣嗎？」

「妳一直選擇持續下去。所以，妳喜歡鋼琴……喜歡音樂。」

「既然總一郎都這麼說了，或許就是這樣。」

這次沙織則是看起來很開心地笑了。

當時雖然沒有說出口，但總一郎覺得正因為沙織一直選擇持續下去，所以自己才會喜歡上她。現在也這麼覺得，所以想支持她。考慮到以作曲家為目標的沙織的將來，到音樂大國奧地利留學，一定會為她大大加分。去留學一定比較好，絕對是這樣。

但一想到沙織要到國外留學，心臟便宛如被緊緊揪住般疼痛。即將無法每天見面，說不定連說話都很困難，就連兩人的關係會不會繼續下去也很難說。一想到這些，總一郎就感覺內心逐漸變得漆黑混濁。

不論哪個想法都是真心的，所以左右為難的身體糾結著吱嘎作響。

「喂，館林。」

「……」

「喂～～回答我啊。」

「……」

「不准無視老師的存在。」

「……」

「算我拜託你，回答我吧！我那麼沒有存在感嗎？」

「啊，高津老師。」

總一郎抬起頭來，級任導師高津就站在桌子旁，很擔心地探頭看著他的臉。

「還『啊，高津老師』咧，你沒事吧？」

「是，我沒問題。」

「因為剛才的對話，我的內心可是受到很大的打擊，所以有問題得很。」

「真是對不起。」

「不、不，我的事不重要，倒是你，怎麼看都不像沒問題的樣子。你那個是打算做什麼？」

高津指著總一郎的手上。仔細一看，他已經用考卷折出紙鶴了。

「抱歉……」

「算了，反正你是滿分不需要對答案，不過好歹還是聽一下吧。」

「喔。」

總一郎含糊回應，聽起來完全沒誠意。

「怎麼了？有什麼煩惱嗎？」

「不，我沒事。」

大概是覺得上課被打斷了，教室裡忽然開始變得嘈雜，同學們與旁邊的人喧囂地吵鬧起來。

「別那麼見外嘛。跟我商量看看吧。」

「我真的沒事。」

「多少讓我做點像老師的事吧。因為你太優秀了，讓我很沒勁兒，實在很無趣。」

「不過，我真的沒什麼事要跟老師說。」

「搞什麼啊，跟女朋友吵架了嗎？」

「是的。」

「真的假的！」

「為什麼您會那麼驚訝？」

雖然大致上想像得到原因。

「沒想到你看起來這麼正經八百，該做的事倒也都有做，那我就放心了。」

高津拍了拍總一郎的背。

「雖然我不知道您想像了什麼，不過我們是很健全的交往，請不要把我跟三鷹混為一談。」

對話中提到的仁，今天一早就沒來學校。反正大概又是在六個女朋友其中之一的房裡過夜，然後爽快地遲到了吧。

「嗯？這麼說來，怎麼沒看到三鷹？」

「他還沒到。大概又是外宿所以遲到了。」

「那傢伙還真是沒藥救了啊。讓人好生羨慕。」

「高津老師，要怎麼想是個人的自由，不過您身為老師，請不要把剛才的話說出口。」

「喔喔，抱歉，抱歉。那麼，你跟女朋友是怎麼回事？」

「呃，那件事不重要……」

原以為託仁的福才能把話題扯開，看來今天的高津不打算放過總一郎。

說不定在這時乖乖拜託他會比較好。老實說，一個人悶悶不樂地煩惱，也讓人覺得很疲累。

「其實是我交往的對象，畢業後就要去留學了。」

「喔。」

「一個月前聽她說這件事……老實說，不知該說是受到打擊或嚇了一大跳，雖然我沒有那個意思，但就是會反射性表現出反對她留學的態度……現在也還是這樣。」

「所以，氣氛就變得很尷尬。」

「是的。」

「那麼，你要做的事情很簡單。」

「咦？」

由於高津說得太乾脆，總一郎隱藏不住驚愕。

「首先，館林要先承認自己覺得很麻煩的自己，承認很難看的自己，承認懦弱的自己。」

「……」

「不打算反對？少騙人了。如果真是如此，那就表示你既不喜歡她也不珍惜她，根本就不把她當一回事囉。」

「那是……」

「先承認吧。之後再說出真心話好好談一談。別以為光是裝酷耍帥，對方就能理解你的心情，也別以為能聽到對方的真心話。你不先一絲不掛，她可是不會脫的喔。」

「……」

總一郎不抱期待，沒想到高津卻意外說了很不錯的話。聽說以前他的夫人曾離家出走回娘家，大概也是這番經驗讓他說出這些話吧。

「雖然我說脫掉，可不是奇怪的意思喔。是指讓內心一絲不掛的意思。」

「我知道。您好不容易說了很棒的話，整個都被糟蹋了。」

「那真是太可惜了。」

高津說是這麼說，卻爽快地笑了。

「雖然我能理解你想要帥的心情，不過要是繼續對自己的情感扯謊，你的真實就傳達不出去，尤其是像你這種擅長忍耐的傢伙。讓別人看見自己的脆弱並不是什麼難看的事，這其實也是信任對方的強韌。所以，偶爾撒撒嬌吧。什麼事都想靠自己解決，這雖然是你的長處，同時也是弱點。越是一板一眼的人，看到你就越有壓力。因為你不依賴他人，所以別人也會覺得不能依賴你，即便你沒有這個意思。人生存著或多或少就是會彼此影響，別忘了這一點。」

「是。」

總一郎回答的同時，察覺從外面傳來小提琴的聲音。因為已經聽了好幾次，所以也差不多記得了。雖然沒有絕對的自信，但總覺得這應該是沙織在演奏。

接著，情感便湧了上來。

「高津老師，很感謝您。託您的福，我現在清醒了。」

「喔喔，這樣啊。」

「我有件事想拜託您。」

「喔喔，什麼事啊，說來聽聽。」

「我要早退。就請當作我身體不舒服。」

「啥？咦？喂！館林同學！沒有這樣撒嬌的吧！」

拋下掩飾不住驚訝的高津，總一郎衝到走廊上。

奔跑上了樓梯，前往頂樓。

猛踹般打開厚重的門，來到外面。

在這裡。

果然是沙織。不知為何仁也在。

「總一郎，你為什麼會來這裡？」

看到突然現身的總一郎，沙織發出驚訝的聲音。

「因為聽到小提琴的聲音，覺得妳可能在這裡。」

總一郎一邊回答一邊調整紊亂的呼吸。

「現在在上課耶。」

「我說身體不舒服就跑出來了。」

總一郎不好意思地搔了搔頭，一臉混雜了靦腆與困惑的表情，面向沙織。

「哎呀，這是學生會長該做的事嗎？」

「吵死了，三鷹。而且，我是前學生會長了。」

總一郎銳利的目光瞪著調侃自己的仁。

仁聽了這句話捧腹大笑。到底是什麼戳中了他的笑穴？

「你、你在笑什麼！」

「你們真是相配的情侶檔啊。」

「什麼！話說在前頭，我們可是很健全的關係喔。」

「我知道啊。就連手都沒牽過吧？」

因為這麼一句話，總一郎滿臉通紅。

「你、你為什麼會知道！」

「總一郎，對不起。那個，剛剛在聊天時……我不小心脫口而出了。」

仁用眼角餘光看著一臉抱歉招認的沙織，從長椅上站起來。大概是要回校舍，他走近站在門口的總一郎。

總一郎一臉不高興的表情直瞪著他。他究竟翹課在這裡跟沙織聊些什麼呢……

「三鷹，既然來學校了就要去上課。」

「這句話，我原封不動地還給你。」

確實如此。總一郎在心中苦笑了一下。走過總一郎身邊的仁，打開門停下腳步，轉過頭來。

「啊，對了。」

「幹嘛？」

總一郎威嚇般的銳利眼神瞪了過來。不過，仁卻輕鬆閃開。

「皓皓說她興致勃勃喔。」

還說出這樣莫名其妙的話。

「你這個笨蛋！」

面紅耳赤的沙織大叫。

完全搞不懂是怎麼回事。

「什麼意思？」

「不是那樣。我只不過是說多少有一點興趣……啊，這樣的話結果還是有興趣的意思……呃～～……我是說，那個……」

動搖的沙織，以及依然搞不清楚狀況的總一郎。

「那麼，兩位慢用。」

仁斜眼看了兩人，說完這句話便離開了頂樓。

「啊，站住！三鷹！你怎麼可以在這種狀況下走人！」

遺憾的是，沙織的慘叫聲並沒能傳達給仁。

「沙織？」

「不、不是的。那個真的是……」

「可以告訴三鷹，卻不能告訴我的事嗎？」

「你這麼說……就、就只是……那個……因為我們都還沒牽過手……」

「咦？」

「這種事該說是什麼都還沒做，或是未來也……啊啊！你要我說什麼啦！」

沙織的臉漲紅到幾乎要冒出水蒸氣，兩手不知所措地揮舞著。在旁邊看著都覺得她很可憐，不過又實在很可愛。大概只有總一郎知道沙織這一面吧。雖然平常態度總是成熟，散發難以親近的凜然氣質……

總一郎覺得實在很有趣，不禁笑了。

「為什麼總一郎要嘲笑別人的不幸！這一點跟三鷹很像，真叫人討厭。」

沙織把通紅的臉別開。

「我可不想跟三鷹同類。我會盡量改善。」

「最好是這樣。」

總一郎往圍籬移動，從頂樓可見的景色盡收眼底。接著，他沒看向沙織的方向，出聲呼喚：

「沙織。」

「嗯？」

「我希望妳能更早說出妳要去留學的事。」

「……」

耳裡只聽到沙織屏息的聲音。

「雖然不管哪個時間點聽到這件事，我應該都會是同樣的態度就是了……」

「……嗯。」

「老實說，我一直以為未來也能跟沙織在一起。即使大學念不同學系，也一樣都在水明藝術大學……所以覺得很安心。」

「嗯。」

「因此，聽到妳要留學的事，先是嚇了一大跳。接著開始覺得不願意，不想跟妳分開。」

「總一郎。」

他緊握住抓著圍籬的手。

「現在也還是不希望妳去。」

「……」

「但又更加覺得妳應該去。」

「……」

「所以……所以啊……妳就去吧，沙織。」

背後的沙織屏住氣息，卻不清楚她是什麼樣的表情。

想說的話已經說完了，自己都表達出來了。總一郎只是不發一語地等待著，為了接受沙織的想法，以及她下的結論……

過了一會兒，背後感覺有股溫度與重量貼了過來。

「我一直覺得很害怕。」

聲音一傳來就知道沙織與自己背貼著背。她把全身重量交給了總一郎。

「因為我一直覺得要是說了去留學的事，總一郎就會離我而去。」

「就我的評價來說，這算是很適切。」

這一個月以來，腦中一直煩惱沙織要去留學的事。雖說早就知道了，但畢竟自己還是很渺小的人類，確實深刻感受到這一點。

「不是的，不是那樣。是因為我們在一起的時間讓我覺得好幸福，所以才害怕會失去。」

「……沙織。」

「一開始，我本來打算馬上告訴你，因為留學是在我們交往前就已經決定好的事……不過，因為被你告白而歡天喜地，第一次的約會也開心得不得了，每天都覺得很快樂……就在我不願意正視討厭的事時，就變得越來越說不出口……真的很抱歉。」

「我並沒有打算責備沙織的意思。相反的……我才覺得很抱歉。我是個連這些事都沒能察覺的男人。」

如果是仁，應該會注意到吧。如果是剛才還在這裡的那個男人……真是可恨又叫人羨慕。

「總一郎。」

「什麼事？」

從思考中回過神來，沙織離開了總一郎的背。總一郎感覺到她的氣息而轉過頭去，她也正好轉過來面向總一郎。兩人四目相交，率直地凝視彼此。

沙織的眼眸中有了堅定的決心，所以即使不問，也能想像沙織現在要說什麼。

「我要去留學。」

「嗯，這樣就好。」

「嗯……謝謝你。」

接著，總一郎與沙織在頂樓並肩悠閒地看了景色好一陣子。能像這樣從水高的頂樓眺望街景，還有多少次機會呢？高中生活只剩下幾個月，這也同樣是能感覺沙織在身邊的時間。

「話說回來，總一郎。」

「什麼事？」

「不回去上課沒關係嗎？」

「沙織呢？」

「音樂科現在已經是實習時間。」

「那也還是在上課吧。」

「也可以這麼說。」

「話雖如此，現在回教室也覺得怪怪的。」

「既然這樣，要不要做一些更壞的事？」

「比方說？」

沙織像在盤算著什麼，淺淺地笑了。

「約會？」

「……」

「那、那個……當作是和好的紀念。」

「這真是個好主意呢。」

「太好了。我還想說要是你生氣就完了呢。」

「我沒有這麼死板，這三年也有了改變。」

「是三鷹害的吧。」

「大概是吧。」

「雖然這是好現象，不過，可不能像三鷹那樣交很多女朋友喔。」

「我沒有那麼靈巧，光沙織一個就夠了。」

兩人說著這些話，離開了頂樓。

穿過門口的時候，總一郎身旁的沙織握住了他的手。

「！」

右手傳來沙織的體溫，忍不住覺得驚訝。

「沙織的手好大啊。」

「一般來說，這應該是我要說的台詞。」

「抱、抱歉。」

「沒關係，無所謂啦。就是因為有這雙手，我才能持續學習音樂至今，然後在這裡跟總一郎相遇。」

「說的也是。」

總一郎如此回答，回握了她的手。

這一天，約會完回到家的總一郎，在睡前罕見地與沙織互傳了近百封的簡訊，最後有了以下的結論。

——聖誕夜妳有空嗎？即使只有一點時間也好，我想跟妳一起度過。

——為了總一郎，我會空出時間的。

6

十二月二十四日，聖誕夜。

結業式完畢，第二學期最後的班會也結束，三年一班的教室裡不知為何飄盪著哀愁的氣氛。明天起就是寒假，高中生活只剩下短暫的時間。而且，這短暫的時間也即將被準備考試給占滿了。已經確定直升水明藝術大學傳播學系的總一郎，雖然沒有考試的壓力，但接近離別的季節，還是感受到了特有的悲傷。

也許正因如此，總一郎在始終捨不得放學的同班同學中尋找仁的身影，發現他不在教室，心想他現在大概也在準備考試，因而前往圖書館……

接著，忍不住多管閒事。

——你不打算老實向水明藝術大學的文藝學系提出申請嗎？

對仁而言，這大概是最不希望別人提起的話題吧。談到志願，必然會直接和今後與美咲的關係有所連結。

如果是以前的總一郎，會認為那是仁與美咲的問題，絕對不會想插手管，甚至可能根本就毫不在意。

是什麼時候開始的呢？什麼時候開始在意起這兩人的事……

試著回想，卻也想不起來。

不過與仁道別，離開圖書館的總一郎，認為契機是什麼已經無所謂了。

現在才最重要……因為滿足於現在的自己，沒有思考的必要。

「好好加油啊。」

他在筆直延伸的走廊上只回過一次頭，看著圖書館的門，向仁送出不可能傳達到的聲援。

三年期間一直同班，總一郎從來不認為兩人的個性合得來，跟他說話也老是被惹生氣煩躁。

但在水高認識的朋友之中，曾幾何時總一郎變得最了解仁，而他自己也承認這一點。

「不，該加油的人是我自己吧……」

等一下要跟沙織約會。交往至今七個月，現在兩人的關係好不容易來到牽手階段……這是連小學生都會感到驚愕的進度。

剛才在圖書館時仁也說了。

——如果是聖誕夜，接吻也比較容易吧？

光用想的，心臟都快爆炸了。沙織當前，能夠做出這麼無法無天的行為嗎？

「真要說的話，應該先問問三鷹正確的初吻方式……」

總一郎懇切的喃喃自語，靜靜地在空無一人的走廊上渲染開來。

暫時先放學離開的總一郎，四點之後再度回到學校。因為他與沙織有約。

首先是去聽每年由水明藝術大學音樂學系主辦的聖誕演奏會。

會場正是兩年前沙織演奏鋼琴的大學音樂廳。

演奏的曲目五花八門，從古典到爵士、流行音樂，還有不讓小朋友覺得無聊的最近人氣動畫及特輯英雄的主題曲，都由豪華的管弦樂團演奏。

指揮與演奏者的服裝也都搭配聖誕節，全做了聖誕老公公及麋鹿的打扮，其中還混雜了雪人。即使如此，演奏的部分理所當然仍是絕對正式的。

水高音樂科也有幾位同學參與演出。

「沙織不參加嗎？」

總一郎在曲子與曲子之間的空檔如此問道，沙織便覺得逗趣似的笑了，以有些戲劇性的開玩笑口吻說：

「要是聖誕夜放總一郎一個人，那就太可憐了。」

「感謝妳的貼心囉。」

總一郎也自然以笑容回應。

約莫兩個小時的演奏會結束後，兩人離開了音樂廳，天空已經暗了下來，完全不見被雲遮蔽住的星星。

「話說回來，天氣預報說今天可能會下雪呢。」

「要是下雪就太棒了。」

之後，兩人前往車站，搭乘電車到下一站，準備共進晚餐。

兩人來到隔壁站的購物中心。煩惱著要挑哪家店，還做了許多調查之後，選定之前曾來過的蛋糕吃到飽自助咖啡廳。現在推出聖誕節的特別菜單，兩人決定嘗試看看。

品嚐以雞肉為主，有聖誕節風味的料理，享用了最後送來的蛋糕之後離開店家，時間已經超過八點。

「接下來要去哪？」

「我想去看聖誕樹。」

因為沙織的提案，兩人移動到挑高三層樓的活動場地。

位於購物中心近正中央的位置……矗立在廣場正中央的巨大聖誕樹，因燈飾而閃閃發光。

總一郎與沙織從三樓的角度稍微往下眺望。

「好美。」

「嗯，是啊。」

這是真心話。

去年之前，明明從來沒有過這樣的感覺，反而覺得浪費電力。光是沙織在身邊就有了完全相反的想法，未免也太現實了。單純也該有個限度。這樣的想法也寫在臉上，總一郎苦笑著。

「總一郎？」

「沒事。」

「真的嗎？不會是看到因為聖誕樹而興高采烈的我，所以發笑吧？」

「不是，我反而覺得妳這樣很可愛。」

對於總一郎直接的表現，沙織驚慌失措地別開視線。

「你、你突然在說什麼啊？」

「只是拿去年的自己跟現在的自己做了一些比較。」

「……比較？」

「我以前不喜歡聖誕節這種喧鬧的氣氛……卻發現現在的自己覺得這樣的氛圍也不錯。」

「……」

「並不是聖誕節的氣氛跟去年不同了。改變的其實是我，像這樣的景色，也因為跟沙織一起看而覺得很美……類似這樣的感覺。」

總一郎說著說著便害臊了起來，最後的用字遣詞變得很怪異。

「就跟總一郎說的一樣。跟不同的人在一起，景色看起來也會不一樣。」

像是要填滿剩下些微的空間，沙織緊貼著總一郎的肩，手緊握著欄杆扶手。

撇開道理什麼的不談，總一郎深刻感覺沙織就在這裡，身體感受得到這正是自己珍視的人。

總覺得彼此的碰觸之中，有種超越交談次數及共度時光的力量。

兩人默默看了聖誕樹好一會兒。

「美咲沒問題吧？」

再度開口的沙織，提到在水高認識的朋友。

「希望她跟三鷹能順利。」

「是啊。」

總一郎衷心表示同意。越是熟悉了解，對仁與美咲的關係就越是看不下去。

兩人在聖誕樹前度過了約二十分鐘，然後決定回藝大前站。

抵達藝大前站時，還差幾分鐘就是晚上十點了。

總一郎與沙織並肩走在紅磚商店街上。沙織說了一些話，不過總一郎不太能聽進腦袋。

約會即將結束。沙織住的一般宿舍位於從車站看不到的水高另一側，所以還有一段距離。即使如此，要達成總一郎今天接吻的目標，仍不算是充裕的時間。

「總一郎？」

「……」

看來剩下的機會不大。

「總一郎？」

有些生氣的沙織的臉，突然闖入視野當中。

「唔喔！」

「看到我的臉竟然那麼驚嚇，實在太過分了。」

「抱、抱歉。」

「你突然怎麼回事啊？」

「不、不！沒事啦！」

「很可疑喔。」

沙織毫不留情地投射出追究的眼神。

「真、真的啦。」

出聲想瞞混過去的總一郎，眼前有某個白色的東西掠過。

「嗯？」

他心中感到疑惑，與沙織一起仰望天空。雪花結晶一個接一個翩翩飄落。

「天氣預報說中了呢。」

「嗯。」

沙織完全被夢幻的夜空景色迷住了，注意力移到雪上，總一郎鬆了口氣。

「走吧。」

接著他催促著沙織，自然邁開腳步走向一般宿舍。總一郎住的地方距離一般宿舍，徒步約十分鐘，是直接租用之前念水明藝術大學的親戚承租的房間。

他看著身旁因為越下越大的雪而興奮不已的沙織，開始覺得「今天就算了」。現在並不適合硬要營造出那種氣氛，自己也沒那麼機靈。況且，今天一起度過的時光很愉快，心中滿是幸福的感覺。如果還想要更多，未免也太貪心了。

即便如此，心中還是無意識嘆了口氣。

寒假過後一定會被仁嘲笑吧。

走出車站約三十分鐘後，總一郎與沙織回到宿舍前。

這時，雪下得很大，周圍逐漸染成白茫茫的顏色。氣溫很低，吐出來的氣息始終是白色的。

「今天玩得很開心。」

「我也是。」

「嗯。」

沙織有些靦腆地低著頭。

「那麼，我走了。」

「啊，等一下。」

總一郎正準備轉身離開，卻因為沙織的聲音停頓下來。

「那個……那個……」

「嗯？」

「總一郎，你是不是忘了什麼重要的事？」

這時，沙織猛然抬起頭來，兩人目光筆直對上，眼神像是下定了什麼決心。

「重要的事？」

「聖誕禮物。」

「啊，嗯。」

怎麼會這麼愚蠢？

「這、這樣啊。說的也是，一般是應該準備禮物。我到底在幹什麼……」

跟沙織約好了時間，查詢聖誕演奏會的事，預約晚餐店家，一時疏忽了。

「真、真的很抱歉！」

「總一郎，這個給你。」

沙織向慌張的總一郎遞出一個小包裝。看來沙織似乎仔細地準備好了。不，一般是不會忘記的吧……真的好窩囊。

總不能說下次再交換禮物，總一郎便默默收下。

「可以打開來看嗎？」

「嗯。」

裡面是一個手機吊飾，而且還是看過的吊飾。應該是名為「咬人山喵～」的角色，沙織的手機上現在也還掛著。

「因為總一郎的手機什麼也沒掛。」

「說的也是。謝謝……」

總一郎趁這個時候，就在沙織面前把吊飾掛到手機上。

「抱歉，我什麼也沒準備……」

「我會確實要到回禮喔。」

「沙織？」

接著，沙織把身體湊了過來，往上凝視著總一郎好一會兒。

「咦！不會吧？」

不知為何這樣就理解了她的意思。

「我也不是沒有興趣……」

她以細微的聲音說著，在胸前合掌，緩緩閉上眼睛。

瞬間腦袋一片空白，無法思考。總一郎的腦海中除了照做，沒有其他選項。

他將雙手放在沙織肩上，沙織全身一顫。

「抱、抱歉。」

「不、沒事。只是嚇了一跳……來吧。」

「啊、嗯。」

臉緩緩靠近沙織，心跳激烈鼓動，彷彿全身都變成了心臟。

即使如此也無法將目光從沙織的嘴唇上移開。停止呼吸，閉上眼睛的瞬間，撞上了鼻子。

「啊。」

總一郎慌張地拉開距離。因為愚蠢的失誤，腦袋一下子沸騰了起來。外頭明明很寒冷，卻不斷冒出汗水。

因為剛才的失敗而感到焦急的總一郎，這次則是一股勁兒地碰上了沙織的唇。

稍微撞到了牙齒。彼此的氣息碰到對方的臉頰，感覺搔癢。

止不住的心跳。

還完全搞不清楚狀況，總一郎放開了沙織。

「抱歉，我沒能表現好……」

劈頭就說出這樣的話。

「我、我才是……」

「啊，嗯。」

沒辦法正視沙織的臉。

「不、不過……接下來只要多練習就好了。」

「咦？」

「總一郎會讓我做很多次練習吧？」

動搖得很厲害的沙織，說了不得了的話。她知道自己在說些什麼嗎？恐怕不太清楚吧……

總一郎的腦袋運轉也只到此為止。

他再度把手放在沙織的肩膀上，這次則輕輕地吻了她。反省發揮了很大的作用。

「嗯。」

嘴唇感受到了剛才沒注意到的柔軟，沙織的熱度傳給了總一郎。

嘴唇分開後，彼此後退了一步，把臉別開。

「心跳得好厲害。」

「我也是。」

「感覺好棒喔。」

「好棒？」

「喜歡上某人真是一件很棒的事，比起比賽更讓人緊張。常聽別人說心臟幾乎要跳出來了……原來真的會這樣。」

「是啊。不過，接下來還會有更讓人心跳不已的事吧。」

總一郎用眼角餘光看著沙織，沙織也正在偷看總一郎。

「……色色的事？」

「不、不是！不、不，倒也並非不是……我是說，也包含這些在內，未來要兩個人共同體驗更多其他事，可不是只針對這一點喔。」

「呵呵，我知道啦。」

看來總一郎似乎被玩弄了。不過多虧如此，心情平穩許多，也能很平常地看著沙織的臉。

「那麼，我回去囉。」

「嗯，今天真的很開心。」

「我會珍惜吊飾的。」

微笑的沙織目送總一郎，他一個人走上回家的路。內心變得溫暖，所以一點也不覺得寒冷。

他在回家的路上還大喊「呀喝～～」，跳躍了三次左右。而這是不能對任何人說的祕密。

7

元旦時，兩人去了附近的神社參拜。如果是還沒確定志願的人，大概會在這裡祈求考試合格，不過總一郎與沙織都已經確定了畢業之後的事，所以一直到參拜前，總一郎還在煩惱該祈求什麼願望。

參拜結束之後，沙織問道：

「你許了什麼願？」

「沙織呢？」

「我想，大概跟總一郎一樣吧。」

「這、這樣啊。」

如果真是如此，那真是讓人感到無比開心。

因為總一郎祈求了「希望能永遠跟沙織在一起」。

短暫的寒假轉眼間結束，第三學期開始後，就感覺時間過得比以往更快。

進入二月，考慮到學生要準備考試，所以變成自由到校。再怎麼不願意，周遭的氣氛還是會告知畢業迫在眼前。

到了這個時期，總一郎終於能夠實際接受自己即將從水高畢業的這件事。

三月就要畢業了。每個人都很清楚這件事，但卻始終沒有「再過一個月就不再穿這身制服」的真實感。

也許是因為還無法想像成為大學生的自己。

「穿著制服來到水高的日子，也所剩不多了。」

過了二月中旬，沙織也說了這樣的話。她的聲音裡包含了彷彿回想至今時光的懷念，以及對於還無法明確看到未來形狀的漠然不安。

進入第三學期後，總一郎也盡可能與這樣的沙織一起放學。雖然不是沙織說的，但能一起回家的日子也已寥寥無幾。

二月下旬的某一天，總一郎為了準備畢業典禮的答詞來到學校。

三年級教室並排的三樓一片空蕩蕩，總一郎的班級也空無一人。他一個人在教室裡，默默地寫著答詞的草稿。

手停下來，先念過已經寫好的文章。一開始是開頭的招呼語，對學弟妹歡送詞的感謝，接著向一直以來支持著自己的老師們以及父母致謝，然後敘述在水高度過的時光及回憶。主要的部分還是文化祭。總一郎第一年擔任執行委員，第二年、第三年則是以學生會成員的身分，參與了水高最盛大的祭典。

可以驕傲地說是充實的三年。

國中三年級的秋天……來參加水高的文化祭而決定報考，果然是正確的，沒有絲毫的後悔。只是，當把「沒有後悔」寫在答詞草稿上時，總一郎的內心感覺不太舒暢。

總覺得有什麼在意的事。

正在思考是什麼原因的時候，熟悉的聲音傳進教室來。

「總一郎，你在啊。」

抬起頭一看，正是手拿小提琴盒的沙織。她把原本戴在頭上的耳機移開，掛在脖子上，小跑步來到總一郎身旁。

「嗯，正在整理答詞的草稿。沙織是來參加管弦樂團練習嗎？」

畢業典禮上齊唱畢業歌，將由音樂科的全體學生伴奏。

「下午安排了全體練習。」

「這樣啊。」

沙織的目光自然看向答詞草稿。

「才寫到一半，妳要看嗎？」

「可以嗎？」

「可能畢業典禮時就不會覺得感動就是了。」

「那我就不看了。」

這時，總一郎的手機響了。

他心想著不知道是誰，一邊掏出手機。畫面上顯示「三鷹仁」。

「是三鷹打來的。」

他向沙織說明之後，接起了電話。

「有何貴事？」

『因為突然想聽前學生會長的聲音。』

「我要掛掉了。」

『別這麼冷淡嘛。』

「那麼，到底有什麼事？」

『有點事想跟你商量。』

「商量？」

聽到仁說出口的話，總一郎著實嚇了一跳。明明是個一天到晚利用連哄帶騙的言行舉止，不讓他人看穿自己真意的男人……或者該說，也許是因為至今從未看過仁拜託別人的態度吧。

沙織也露出覺得有些奇怪的神情，關注兩人的對話。

「有事要找我的話，就到教室來。」

『啊，你在學校啊，那正好。』

從他的口氣聽來，他大概也在學校吧。總一郎立刻就明白原因了。因為現在正在進行連署活動，為了阻止仁等人所住的學生宿舍──櫻花莊被拆除的命運。

『我馬上就過去，等我一下。』

「我知道了。」

接著便掛斷電話。

「三鷹說了什麼？」

「雖然不清楚內容，不過好像有事要找我商量。」

「商量啊……」

「會是什麼呢？」沙織陷入沉思。

這時，走廊的方向有啪噠啪噠的腳步聲逐漸逼近。

「這個腳步聲是……」

沙織轉向門的同時，美咲衝進了教室。

「拜託囉～～！啊，是皓皓！皓皓也在喔！」

才回過神，美咲已經迅速撲向沙織。

「嗚哇！喂！美咲，別抱我。」

「皓皓也可以抱住我喔。」

「沒人在跟妳說這個！總一郎也不要光是在旁邊看，快來幫我。」

這實在有困難。

「兩人感情還是那麼好啊。」

晚了一些才進教室的是仁。

「你沒說上井草也會一起來。」

「因為我也沒聽說皓皓也在啊。」

真是個滿嘴歪理的男人。

「那麼，要找我商量什麼？」

「其實是有件事想拜託前學生會長。」

「我拒絕。」

因為只有不好的預感，總一郎立刻回答。

「你好歹也該聽一下內容吧？」

仁苦笑著，以輕佻的態度緊咬不放。

「反正內容也不會是什麼好事。」

「這次可是出乎意料地正經喔。」

「那我就更不想聽了。」

知道櫻花莊即將被拆除的現在，不難想像仁要拜託的事一定也有所關聯。看來一定會是相當麻煩的請求。

「一定是櫻花莊的事吧？」

「答對了，不愧是前學生會長。這樣事情就好辦多了。」

「我可沒答應要幫忙喔。」

「那就沒辦法了。」

乍看之下，仁露出了像是放棄的態度。不過，下一個瞬間——

「畢業典禮致答詞，能不能讓美咲來做？」

竟然說出了如此沒頭沒腦的話。

「啥？」

關注總一郎與仁對話的沙織，率先發出聲音。

「……」

對於這遠超出想像的發言，總一郎說不出話來。

「咦？沒聽到嗎？畢業典禮致答詞，能不能讓美咲來做？」

「我一定會讓全美都被淚水淹沒的（註：早年美國好萊塢電影於日本上映時，宣傳海報上常出現「全美都哭了」的聳動形容詞，後用以形容劇情極催淚的意思）！」

「……」

「喂～～你沒事吧？」

「我有聽到啦……誰叫你要用像是『借我像皮擦』這種輕鬆的口氣，說出讓人意外的話，我才會懷疑自己的耳朵啦！」

「儘管放心吧！小總的耳朵好得很！」

「美咲，不准用那個綽號稱呼總一郎，總覺得叫得比我還親密。」

原本一直默默聽著的沙織，也參與了對話。

「那麼，總郎（註：日文發音有「早洩」之意）？」

「那、那就變成別的意思了啦！」

「皓皓意外地知道不少東西嘛？還以為妳老是只學音樂，會比較純真呢。」

「三、三鷹閉嘴啦！」

「是，是。」

回過神來，狀況已經完全陷入混亂。

「咳、咳……」

總之，先故意乾咳個兩聲。

「說明一下理由吧。」

接著催促仁說下去。

「你知道目前櫻花莊所處的狀況吧？」

「嗯。」

理事會決定在本年度拆除櫻花莊。而櫻花莊的住宿生為了表示反對，推翻拆除的決議，依據校規在校內進行連署活動。如果能獲得全校三分之二以上的學生贊成，就能將決議退回理事會。但是總一郎認為，要收集到三分之二以上的數目極為困難，況且又是問題學生的巢穴。對一般學生敬而遠之的櫻花莊成員來說，實在是難以達成。

「只要在未能達成連署的情況下這麼做就好了。」

「你認為可以達成嗎？」

「我們可是認為收集得到喔。」

既非開玩笑，也不是在逞強。仁的眼神深處散發出如此堅信的光芒，旁邊的美咲更是自信滿滿，沒有一絲動搖跟懷疑。

「不過，還是必須考慮到無法達成的情況。」

「那又為什麼會跟致答詞有關？」

「是你給了我提示。」

「什麼？」

「春天時放學後的頂樓開放。你不會忘了吧？」

完全不懂仁在說些什麼，總一郎皺起眉頭。

「……」

「每天都到教職員室露臉，最後打動了老師們的想法。講道理講不通的，就動之以情。」

「要透過畢業典禮致答詞，向全體學生訴求櫻花莊的事嗎？」

「就是這麼回事。」

「就是這麼回事喔～～！」

仁與美咲同時回答。

「草稿由我來寫。當然，事前會讓你確認。」

「……」

「這是萬一沒能收集到連署的最後賭注。拜託你了。」

沙織似乎想說些什麼，看著陷入思考的總一郎。即使不問，也明白沙織的意思。

總一郎在心中嘆了一口氣。是從什麼時候開始變成這樣子的呢？如果是剛進水高的總一郎，一定會堅決反對吧。可是，現在卻完全沒有這樣的打算。總一郎的情感輕易就傾向一邊。

好像明白了是怎麼回事。

明白了剛才寫答詞草稿時，為什麼會有不協調的感覺，為什麼會對「後悔」兩個字感到不自在。那是因為自己有那麼些許的後悔。櫻花莊的這群人即使被稱為問題學生，但一定比任何人都更享受在水高的生活吧。總一郎現在才發覺，自己的內心某處存在著羨慕他們的自己。正因如此，總一郎才討厭仁。

「這是我跟美咲最後能為空太他們做的事了。」

如此說著的仁，眼神極為認真。

「為了學弟他們，絕對要守護住櫻花莊喔～～！」

「……我明白了。」

在仁與美咲的面前，總一郎靜靜回應。

仁驚訝地瞪大眼睛。

「太棒了～～！」

美咲立刻做出萬歲的姿勢，撲向沙織。突然被飛撲的沙織，一屁股跌坐在地上。

「謝啦，前學生會長。」

總一郎對著開口道謝的仁，做出「快拿出來」的手勢。

「這隻手是要幹嘛？」

「草稿。你已經寫好了吧？」

「……」

也許是沒料想到，仁罕見地愣了一下。

「因為你就是這種毫無破綻、個性令人討厭的男人。」

「能獲得你的稱讚，真是我的榮幸。」

仁從內袋拿出草稿，遞了出去。

「你這一點真的很討人厭。」

如同總一郎所預料的，仁似乎真的已經準備好了。

「這樣嗎？我可是最喜歡前學生會長這種乾脆的個性喔。」

「你要開玩笑的話，我就不幫你了。」

總一郎收下了草稿。

「你覺得我會開玩笑地拜託你這種事嗎？」

「大概不會吧。」

總一郎看也不看便把收下的草稿放進書包裡。

「你不看嗎？」

「如果你是認真的，根本不用看。況且，要是我看過了，說不定會改變心意。」

這時，仁不知為何看了沙織。

「皓皓的男友真是帥氣啊。」

他以調侃的口吻如此說道。

「那是當然的吧。」

這時終於站起身的沙織驕傲地微笑說著。

8

三月八日。這天是清爽無雲的晴空。

充滿波折的畢業典禮也告一段落，總一郎與班上同學完成了離別的致意，一個人來到水高的頂樓。

沒有其他人，是包場的狀態。

他把書包與花束放在長椅上，手上還拿著裝有畢業證書的圓筒，恣意地把手伸向天空。

用力把清新的空氣吸進肺裡，再像嘆氣般吐出來。

「唉……搞得好慘啊。真是的……」

因為讓美咲唸了答詞，畢業典禮還一度中斷。約一個小時之後，才從致答詞重新開始。重新來過的致答詞由總一郎進行，而讓畢業典禮陷入混亂的櫻花莊成員們，則被罰站在體育館外面。

這樣的畢業典禮真是前所未見。

不過，一想到櫻花莊得以保留下來，表情便自然地綻放開來。幸好辛苦有了代價。要是這樣還不行，就真是慘不忍睹了。

彷彿要敷衍帶過這種前學生會長不該有的思考，總一郎邁開腳步，打算沿著圍籬繞行頂樓一圈，想將這裡所見的景色烙印在眼底……

出入口到校門的路上聚集了許多學生。有歡笑的學生，也有學生在哭泣。有人似乎是在拍紀念照，彼此說著要再見。愉快的氣氛之中，有種蘊含著些微寂寥的獨特空氣。

今日道再見的約定，何時才能實現？唯獨明白這絕對沒辦法完全實現，令人無限感傷。

在頂樓繞了半圈，有人開門走了進來。

「你果然在這裡。」

沙織說著走向總一郎。

雙手抱著大花束。

「妳那個好誇張啊。」

「音樂科的學弟妹送的……你還敢說，總一郎那個又是什麼？」

沙織眼尖發現了剛才總一郎放在長椅上的東西。其中還有不輸給沙織手上大小的華麗花束。

「是前學生會成員學弟送的。」

五個成員其中三個人是低年級生。這是當時的副會長……也就是現任的學生會長淌著眼淚和鼻水，送給他的花束。

「我會努力不輸給會長的！」

「現在你已經是會長了吧。」

「對我來說，會長只有會長一個人而已。」

畢業典禮一結束，在回教室的途中聽到這些話，怎麼可能不高興。感動得不得了的總一郎也幾乎要哭了，不過不能在學弟面前表現出難看的樣子，所以拚命忍住。

「我只是直升水明藝術大學，偶爾會回來看看的。」

「是的，會長！」

總一郎覺得多虧了這些好成員，學生會才能順利營運，言語根本不足以表達對他們的感謝。

來到他身邊的沙織，在旁邊的長椅上坐下。

「畢業典禮上的總一郎，真的好帥氣。」

「妳說的是針對哪一個瞬間？」

即使對沙織突如其來的話感到有些驚訝，總一郎還是反射性如此問道。想得到的事有兩點。一個是在中途重新開始的畢業典禮上致答詞一事；另外一個則是在最後的最後，成為典禮重新舉行的原因——也就是美咲致答詞時幫腔的事。

似乎不問也知道是哪一個。

不過，沙織的回答卻與總一郎預料的不同。

「兩件事都很帥氣，身為女朋友覺得很驕傲。」

沙織有些調皮地微笑著。

「能被妳這麼稱讚，身為男友可是無比開心啊。」

「你後悔讓美咲致答詞嗎？」

「我是很後悔。高中最後的回憶，就被胃痛給填滿了。」

「要是這樣，至少事前先看過美咲的答詞草稿就好了。」

正如沙織所說，總一郎曾經有這樣的機會。

「關於這一點，我認為沒先看過是正確的。」

「為什麼？」

「上井草的那個，怎麼看都覺得從中途就完全是即興演出。而且……」

「而且？」

「要是先知道內容，就不會覺得這麼乾脆愉快了。」

「……說的也是，那是很棒的答詞。」

彷彿在細細回味一般，沙織小聲說道。

「多虧如此，典禮重新開始之後就變得很難進行。」

「沒問題的。還是有學生哭了啊。」

「沙織呢？」

「我、我嗎？我是…呃，那個……」

看她無法扯謊的老實反應就知道答案了。

「結果，直到最後的最後，我還是贏不了上井草啊。」

現在卻連這一點都令人覺得很舒暢。如果沒遇見上井草美咲這號人物，大概不會有這種心情吧。總一郎現在已經能夠這麼想，說不定原本沒想過要在成績上爭取第一名，因為有了能做為目標的對象，所以自己的高中生活過得很充實。

總一郎正思考著這些事的時候，口袋裡的手機震動了。

收到了簡訊。

「誰傳來的？」

仔細一看，上面顯示仁的名字。

「是三鷹。」

總一郎回答沙織，並打開簡訊。

——恭喜你畢業了。今後還請多多指教。

上頭淡淡地如此寫著。

「校長說教已經結束了嗎？」

總一郎也抱著與沙織相同的疑問。以致答詞訴求反對拆除櫻花莊，還把畢業典禮搞得一團亂的懲罰，現在應該還在校長室裡被狠狠責罵才對。

——說教結束了嗎？

傳出簡訊。

馬上就收到了回覆。

——正被盛大地說教當中。

又是不正經的內容。

——你就乖乖受教吧。

——要不要換你來？

看來似乎最好不要再回覆了，否則仁一定又會繼續傳回來。不過，總一郎還是傳了一封簡訊作為收尾。

——恭喜你畢業。就算去了大阪，偶爾還是要聯絡。

畫面上顯示已送出。

過了一會兒，也沒收到仁的回覆。

不同於直升水明藝術大學的總一郎，仁從四月起就要去念大阪的藝術大學。與三年來同班的朋友也將各分東西，不過倒不覺得會因此與仁的關係生變。未來一定也還會繼續下去。

總一郎正打算把手機收起來，又收到了原以為不會再傳來的簡訊。這次的寄件人是美咲。

「那兩個傢伙……」

一邊聽校長說教，還能一邊傳簡訊給總一郎，這兩個人到底有什麼樣的神經構造。針對這部分，到最後還是無法理解。

——謝謝你！多虧小總，我們才能守護住櫻花莊喔！

緊接著又傳來另一封簡訊。

——不能因為皓皓不在就花心喔！

「誰會那樣啊……」

「怎麼了？」

「上井草傳來的。」

總一郎把剛收到的兩封簡訊拿給沙織看。她看第一封簡訊時低聲笑了，看第二封簡訊則是露出了嚴肅的表情。她用懷疑的視線看了過來。

「我也擔心這一點。」

「別拿我跟三鷹相提並論。」

「真的嗎？」

「當然是真的。」

「那麼，我希望你讓我看看證據。」

「什麼證據……」

「……」

沉默的沙織臉頰微微泛紅。因為這樣，總一郎已經知道她的意思了。

「我從以前就一直覺得了。」

「覺得什麼？」

「沙織對這方面的話題，出奇地大膽呢。」

「咦？是、是這樣嗎？」

「多虧如此，我會一直迷戀著沙織。」

總一郎覺得難為情，後半段越講越快。要是現在沙織說些什麼，總一郎的腦袋大概就要沸騰了。所以在那之前，總一郎先微傾身體，輕輕吻了坐在長椅上的沙織。

這個月，沙織就要啟程前往奧地利留學了，還能一起在日本的日子已經寥寥無幾，說不寂寞是騙人的。依依不捨的情感，現在也還糾纏著自己。沒有什麼能夠保證分隔兩地的兩人關係還能繼續下去，不過這是已經決定好的事，是兩人共同決定的事。

總一郎拉開與沙織的距離，飛機剛好劃過天空的景象映入眼裡。站起身的沙織也在總一郎身邊仰望著飛機。飛機的影子一點一點逐漸變小遠去。

在完全看不到之前，總一郎握住了沙織的手。沙織肩膀微微一顫，視線仍然望向天空的彼方，只是溫柔地回握總一郎的手。總一郎也不發一語，目光追逐著逐漸遠去的飛機的痕跡。

因為比起任何言語，更能相信這一天緊握的手的溫度。

櫻花莊的寵物女孩

感冒的寵物女孩

春假的某天早晨。

一覺醒來，全身赤裸的她就睡在身旁。

——欸，空太。

——幹嘛啊？

——我的事就拜託你了。

這個女孩如此說道。

1

這一切究竟為什麼會變成這樣呢？

神田空太背部感受著椎名真白的體溫，一階階爬上樓梯。每踏出一步，地板便吱嘎吱嘎地發出危險的呻吟聲。

地點是在櫻花莊——聚集了水明藝術大學附屬高校問題學生的奇特宿舍。

木造破公寓式兩層樓建築物。空太住在其中的101號室，背上背的椎名真白住在202號室。兩人從這個春天開始都是三年級生了。

說真的，到底為什麼會變成這樣呢？

腦中再度浮現同樣的疑問時，真白炙熱的吐息碰觸到脖子。

「呼……」

這也難怪。因為真白感冒發燒了。

空太十分明白她為什麼會感冒，原來根本沒必要思考原因。只不過，一想到等在前方的困難，實在無法不去思考。

就常態來說，她是個早上需要叫醒她、幫她準備衣服、連內褲都要幫她準備、洗完澡還得幫她吹乾頭髮的生活白痴……這就是真白。一出門就會迷路，連買個東西都無法自己獨立完成。

從未懂事前就開始學習畫畫至今的天才畫家，擁有世界認可的才能，但代價似乎就是缺乏一般常識。

一年前真白來到櫻花莊之後，空太擔任「負責照顧真白」的工作，每天照顧她直到現在。

因此，感冒的真白也理所當然得由空太來照顧。

平常已經夠叫人耗費心力，一旦感冒了還得了。

心中唯一明白的事，就是今日這一天絕對無法平穩度過了……也難怪會變得憂鬱，無法克制地不斷重覆無意義的思考。

不過，空太有不能繼續消沉下去的理由。

春假之後，先得感冒的人其實是空太。當時真白努力照顧感冒的空太，當然也是很有生活白痴風格的各種莫名其妙的照顧方式就是了……為了讓說著夢話「好冷」的空太溫暖一些，真白甚至還全裸潛入他的被窩裡。

話雖如此，但真白想幫空太的心情確實傳達到了，整體而言空太還是很感謝她。

雖然不知道是不是有真白照顧的關係，今早空太的身體狀況已經恢復了。只不過相反的，這次換成真白感冒了。這就是現在的狀況。

不管怎麼想，真白感冒的責任都在空太身上，沒辦法責怪其他人，更別說當然也不能向真白發牢騷，完全是自作自受。

正因如此，空太才會像自問自答一樣毫無意義地想著「為什麼會變成這樣」。

「欸，空太。」

真白從背後緊緊抓住空太。

「幹嘛啊？」

「我的事就拜託你了。」

「妳剛才在我房裡已經講過了。」

正確來說，是在空太房裡的床上。

「還沒得到確切的回答。」

「如果希望我確切回答，就用普通一點的方式問。妳那是什麼像要嫁給對方的說法啊！」

「那我就嫁給你。」

「不用了！」

「好過分。」

「隨便說說來玩弄我的妳才比較過分啦！」

走上二樓的空太，將真白送進三個並排的房門中央那一間……202號室。

空太立刻朝向床鋪，把真白放下讓她躺著。

「空太。」

真白再度以炙熱的吐息呼喚，微微迷濛的眼神看來有些性感。空太知道這樣太輕率，卻還是忍不住心跳加速。

即便如此，他仍然隱藏住動搖，仔細把棉被蓋到真白的肩膀。

這時，彎著身子的空太耳邊傳來真白的呢喃。

「今天請溫柔一點喔。」

「笨蛋！」

空太慌張地拉開距離。

「笨蛋，妳、妳在說什麼啊！要是在床上聽到這種話，心情會變得怪怪的啦！」

「我也是。」

「咦？」

「胸口悸動不停，腦袋昏沉沉……身體發熱。」

「那就是典型的感冒症狀啦！」

就算只有一瞬間心跳加速，也覺得自己虧大了。

「總之，先量體溫吧。」

空太把拿來的體溫計交給真白，確定她夾在腋下後，等候五分鐘。

「量好了。」

確認從睡衣下拿出來的體溫計。因人的肌膚而變溫暖的體溫計，上面顯示三十七點八度。

「好，妳今天可要老實安分點喔。」

空太如此說著，準備離開床邊。

「空太，你要走了嗎？」

真白以有些不安的視線看著空太。

雙手抓住棉被邊緣，向上看著他。

「我在的話，妳沒辦法靜下來休息吧。」

「我很平靜。」

「被妳這麼一說，是我會平靜不下來啦！」

「真是個靜不下來的孩子。」

「我念小學的時候，成績單上確實被寫這樣的評語……不對，我的事根本一點也不重要。

欸，我把手機放在妳的床頭。」

「嗯。」

「有事就叫我。」

「你會馬上過來嗎？」

總覺得今天的真白看來有些膽小羞怯的樣子，平常眼眸裡的堅定意志，現在也變得迷濛。不論是誰，只要感冒了就會變虛弱。這點就連真白也不例外。

「我會馬上過來。」

空太以最大極限的溫柔如此回答，說完立刻覺得難為情，便把臉轉向門的方向。

接著像是要矇混過去般很快說了：

「就這樣，好好休息吧。」

「我不睏。」

「就算這樣也要睡。」

「我盡量努力試看看。」

雖然很在意她決心的份量，不過空太還是強忍著什麼也沒說出口。一旦回應對話就會繼續，真白睡覺的時間就沒了。

再次仔細幫真白蓋好棉後後，空太走出房間。

靜靜關上房門。

雖然直到最後都還感覺到真白的視線，不過空太特意假裝沒發現。

「那麼，今天做什麼好呢？」

回到一樓，空太口袋裡的手機響了。

來電者是真白。

他沒接聽電話，直接打開了202號室的門。

「這麼快就有什麼事了嗎？」

「還真的來了。」

「只是試試看而已嗎！」

「這很方便呢。」

「別玩了，快睡吧！」

空太猛然關上房門，離開房間。

「真是的。」

他帶著受不了卻又不討厭的心情走下一樓。畢竟不論是什麼樣的形式，受到依賴總是不會覺得不舒服。

經過餐廳的時候，有人影從裡面走了出來。

是住在２０３號室的青山七海。在淨是些怪人群聚的櫻花莊裡，她是空太唯一可信賴的一般人，是認真謹慎的存在。

看她穿便服的樣子，應該是準備要出門，手上還提著兩個紙袋。

「青山，妳要去哪裡？」

「我要拿伴手禮去送給繭跟彌生。因為是生鮮的東西，所以要儘早送去。」

看來紙袋裡面應該就是那個了。

「櫻花莊大家的份，我已經放在餐桌上了。」

空太目光朝向圓桌，上面放了生八橋還有外郎的包裝。

「……我說那個青山啊。」

「不准問。」

空太毫不在意地繼續說：

「為什麼妳明明是回大阪老家，伴手禮卻是這個？」

生八橋是京都，而外郎則是名古屋的特產。

「沒辦法啊。我問繭跟彌生想要什麼，她們就說了這兩個。」

「倒是也無所謂啦。」

「快到我們約好的時間了，我先出門了。」

七海看著掛在牆上的鐘。

「嗯，路上小心。」

空太送她到玄關，她穿好鞋子時轉過頭來。

不知為何直盯著空太。

「幹、幹嘛？」

「你可不能因為跟真白獨處，就做些奇怪的事喔。」

「誰會做啊！況且赤坂就在房裡，根本不是兩人獨處吧！」

擔任櫻花莊舍監的千石千尋一早就到學校去了。雖說是春假，不過老師似乎還有許多工作。

另一位住宿生赤坂龍之介則是非必要絕不走出房間的繭居體質怪人。上個學年度的第一學期，他完全沒到學校去。

「請務必小心謹慎。」

「我都說我不會做什麼奇怪的事了！」

七海嘻嘻笑著走出玄關。看來空太似乎是被調侃了。

「那麼，我該來做些什麼呢？」

正這麼想的時候，手機再度響起。

來電者當然是真白。

總之，先把電話接起來。

「怎麼了？」

『沒事。』

「不要打惡作劇電話啦！」

『想聽空太的聲音。』

「喔、喔，這樣啊……不對，我差點就要走過去了，不可以說這種話！」

快速掛掉電話的空太，決定先開始準備午餐。

2

小砂鍋在瓦斯爐上發出咕嚕咕嚕的聲音，空太茫然望著冒上來的蒸氣。

白貓小光在腳邊磨蹭，發出「喵～～」的叫聲。廚房吧檯上有兩隻，餐桌上有兩隻，椅子也有兩隻貓。黑的、花色的、茶色的、焦茶色的，還有像是暹羅貓以及類似美國短毛貓的。

空太被視為問題學生的原因就在於這七隻貓。

被發現在一般宿舍飼養撿來的貓咪，因此被流放到櫻花莊來。在那之後，剛開始原本只有一隻貓，現在則增加到了七隻。

空太離開瓦斯爐前，從餐桌底下拿出貓食，七隻貓咪便爭先恐後地聚集過來，狼吞虎嚥地吃起貓食。

「要感情和睦地吃喔。」

貓咪沒有回應，似乎是正專注在吃飯，沒空理會空太。

「好了，也該端飯去給另一隻大貓了。」

熄掉瓦斯爐的火，把砂鍋移到端盤上，再加上放了薑、蔥等佐料的小碟子，走出餐廳。接著走上原本應該是男性止步的二樓。

經過現在沒住人的201號室門前，在隔壁的202號室前停下腳步。所謂的另一隻大貓，指的當然就是椎名真白。

姑且敲個門。

「喂～～椎名。」

不出所料沒有回應。

空太打開沒上鎖的房門。

不知為何，床上不見真白的蹤影。

「喂……」

房間的主人就坐在桌前，認真地直盯著螢幕，輕快地操作繪圖板。

「妳在幹嘛？」

還以為她因為感冒發燒，一定會乖乖在床上睡覺。

轉過頭來的真白，視線捕捉到了空太。具透明感的白色肌膚，微微染上紅暈。

「你是誰？」

「妳已經燒到喪失記憶了嗎！」

「這個吐槽應該是空太吧。」

「算我拜託妳，可不可以用臉來認人啊。」

「這有困難。」

「哪裡困難了？」

「空太的大部分都是由吐槽所構成的。」

「聽妳這麼說，我也開始這樣覺得，不過別這樣！可不可以一半就好？就像頭痛藥那樣！」

真白似乎是對空太的意見不感興趣，才聽到一半便轉頭面向螢幕。

「我話才說到一半！」

「我已經滿足了。」

「妳是任性的女王啊！」

「……」

看來說什麼都沒用了。

「回到最開頭的疑問，妳在幹什麼？」

「正在畫漫畫。」

「這我看也知道。妳都已經發燒了，還是乖乖睡覺吧。」

「……」

空太將端盤放在書桌旁的架子上，把手放在無言地繼續工作的真白額頭上。

好燙。

看來還燒得很厲害。

「空太好冷啊。」

「妳是說手吧！」

「空太的手也很冷呢。」

「其他還有嗎！不會是說我心很冷吧？」

「腳？」

「妳以為我是手腳冰冷的粉領族嗎？」

「……」

「算了，那也無所謂。話說回來，身體不舒服的時候還畫畫，工作能進行嗎？」

「進行得很順利。」

空太從背後探頭看了螢幕。

真白一如往常流暢地動著手，逐漸在頁面上畫出角色的輪廓，只不過並不是平常生動眩目的線條。

角色的臉也歪得很嚴重。

「如何？」

「怎麼看都不行啦！最下面那一格女主角的臉已經崩壞了喔？是被大猩猩揍了還是怎樣？」

「那麼，我就這麼做。」

「不需要採用剛剛的點子啦！話說回來，我才在講，妳不要就一邊畫出大猩猩了！」

雖說狀況不好，不過畢竟不愧為擁有世界認可能力的天才畫家，僅僅十幾秒便俐落地畫出漂亮的大猩猩。

「喂，現在又因為寫實大猩猩的關係，世界觀都崩壞了喔。」

真白現正連載的是少女漫畫。故事內容描繪在分租房子裡共同生活的六名男女的友情與愛情……如果不是去了動物園，畫面上就不會有大猩猩介入的餘地。即使真的有，應該也沒必要認真仔細描繪吧。

「這個大猩猩是哪裡來的？」

「打開玄關就在那裡了。」

「分鏡稿畫得未免太隨便了吧！」

「唔呼。」

連台詞都寫上去了。

「唔呼個什麼勁兒啊！我說真的，妳現在不要再畫漫畫了！」

「為什麼？」

「因為讀者會哭！會嚎啕大哭啦！」

「太成功了呢。」

「才不是感動的眼淚啦！」

「明明就畫得很好。」

「確實是畫得很好啦！但是不行的東西就是不行吧！責任編輯飯田小姐絕對會生氣喔，妳一定會被唸。」

「那就不好了。」

「對吧？所以妳今天就乖乖睡覺吧。」

「我知道了。」

真白蠕動著鑽進桌子底下。她平常總是畫漫畫一直畫到睡著，然後就在桌下的窩裡睡覺。

「妳今天好歹也在床上睡吧。」

「……」

真白微微鼓著臉頰。

「為什麼妳看起來有所不滿的樣子？」

「空太送我過去。」

「妳是小孩子啊……」

「我是大人了，你明明就很清楚。」

「那是什麼別有含意的說法？」

「我成人的部分……」

這個氣氛是怎麼回事……

「哪有啊！」

「你明明就看過了。」

「妳可不可以不要不自覺就搞出奇怪的氣氛！」

房裡的空氣輕飄飄的，好像染上了粉紅色。

空太沒辦法，只好背對著真白蹲下去。

「來吧，我背妳。」

「不要。」

「明明是妳自己要我送妳過去的吧！」

「抱抱。」

「啥？」

「我要用抱的。」

真白滿臉泛紅地從桌子底下伸出雙手。

「真的假的？」

「竹筴魚喔（註：「竹筴魚」與「真的」日文音近）。」

「那是魚！」

看來她連說話都變得有點奇怪了，還是早點讓她躺平比較好。空太這麼說給自己聽，拋開羞恥心後一舉抱起真白。是公主抱。

上半身感受到真白發熱的體溫，女孩子的柔軟觸感緊貼肌膚。多虧如此，空太已經出去旅行的羞恥心立刻又回來了。

臉頰發燙。自己現在搞不好比真白還要燙，全身不斷冒汗。

即便如此，因為是短距離，所以還是順利把真白送到床上放下，在她伸直的腿上蓋了棉被。

「我煮了粥，妳要吃嗎？」

手上端著放在書桌旁的端盤。

「我肚子不餓。」

真白如此說完，便傳來可愛的咕嚕聲。

「妳的肚子好像說它餓了喔。」

「等一下。我先跟它談談再說。」

「不用做那麼無謂的對話，反正妳快吃就是了。」

「我不想吃。」

「我也知道會沒食欲啦。不過，妳不吃東西培養體力的話，感冒不會好喔。」

「那空太你就吃吧。」

「就算我吃了也沒辦法恢復妳的體力喔？」

「這樣嗎？」

「妳以為我跟妳的身體是什麼樣的關係啊！」

「很舒服的關係。」

眼角下垂的濕潤雙眸凝視著空太。

「好，反正都這時候了，我就直說，妳今天很性感啊！害我興奮得都要發燒了！」

「你是用這種眼光看我的嗎？」

「不、不行嗎！」

「不會啊。」

「咦？」

真白以炙熱的眼神直盯著空太。

「想要跟我怎麼樣？」

「我、我說……」

「想要怎麼樣？」

從真白的嘴唇發出嘆氣般的吐息，蘊含著性感魅力。

空太喉間忍不住發出咕嘟聲。

「什、什麼怎麼樣？」

大概是連坐著都很吃力，真白猛然躺下，半邊臉貼著床，睡衣前襟微微敞開，看得到從鎖骨到肩膀的肌膚。

這樣的真白以斜眼仰望著空太，是帶有彷彿試探著動搖的內心那種魅力的眼神。

「我想要空太為我做。」

心臟劇烈跳動。

「我、我說妳啊，知、知道自己在說什麼嗎？」

「空太想做就做吧。」

嘴巴異常乾渴。

「可、可是，這、這種事有所謂的步驟啦！」

「因為空太是不管什麼事都會為我做的人吧？」

「……咦？」

總覺得牛頭不對馬嘴。

「我是不管什麼事都讓空太做的人。」

「……」

熱度一下子全退了，張開的嘴合不回去。看來空太似乎嚴重會錯意了。

「看吧，我跟空太是很舒服的關係。」

「總覺得我只是單方面被壓榨而已，是我想太多了嗎！」

「你想太多了。」

「啊，這樣啊，那就好……妳以為我會這麼說嗎！平常因為妳總是一副沒勁的樣子才沒察覺，原來妳有公主病啊！」

「是啊。」

「承認了？」

「我已經決定了。」

「根據剛才的對話，妳是突然決定了什麼東西啊！」

「空太餵我，我就吃。」

「在妳下定決心之前，務必先找我商量一下吧！」

躺著的真白「啊～～」地張開嘴。

「不、不，不管怎麼說都不行。以這種姿勢吃東西會發生慘劇，妳先坐起身吧。」

「拉我起來。」

「果然會演變成這樣……」

空太吞下嘆息，抓住真白的雙手拉她起身，並讓她坐在床上。

在她倒下之前，還不忘在她背後塞顆枕頭支撐。

這段期間，真白始終「啊～～」地張著嘴。

「真是的，只有今天喔。」

空太將從砂鍋分裝到碗裡的粥，用湯匙舀起一口的份量。

吹涼了之後，再送到真白嘴邊。

「來。」

大概還是沒什麼食欲，真白一臉有些不願意的表情張口吃了。

「怎麼樣？好吃嗎？」

「不，很普通。」

「妳這種率直的地方，每次都讓人想脫帽致敬啊！」

「空太也吃吃看就知道了。」

「我好歹也試吃過了。」

空太說著把湯匙移到嘴邊，吃了一口。

確實很普通，不好吃也不難吃。

「如何？」

「就像椎名說的一樣，很普通。」

「跟我間接接吻了。」

「噗！」

粥整個梗在喉嚨，空太激烈地咳個不停。

「妳、妳在說什麼東西啊！」

「不用道謝了。」

「我完全不記得自己說過感謝的話喔？啊，還是那個？『剛才是感謝我的嘴唇』的意思？」

真白沒有回應，又張口要求吃粥。

「嘴裡說著很普通，竟然還要繼續吃嗎！」

「因為讓空太服務很舒服。」

「可不可以不要省略具體的內容？」

「讓空太把熱呼呼的東西放進嘴裡很舒服。」

「對不起！還是不用說得那麼具體也沒關係！」

結果，真白把準備好的粥全部吃個精光，肚子吃飽飽便忘了空太的存在，香甜安穩地睡著，

當然也毫不在意緊貼在空太腦海裡「間接接吻」的發言。

「是柴魚昆布高湯的味道啊……」

空太看著真白的睡臉，回想起間接接吻的滋味。

「啊～～我在想什麼東西啊！」

又一個人痛苦煩惱，渾身無力地累癱。

「唉～～……我能平安看到明天的太陽嗎……」

3

空太一個人苦悶地看著真白的睡臉一陣子，肚子也發出咕嚕聲訴說著餓了，於是決定離開房間去吃中餐。

菜色是加了高麗菜、紅蘿蔔與豬肉的炒麵。

沒幾分鐘就全部吃完，接著走向廁所準備處理堆積如山的待洗衣物。

有一半是空太的T恤、襪子還有內褲，另一半則是真白的衣服，除了睡衣與襯衫之外，還有輕飄飄的襯衣、色彩鮮豔的內衣褲混在其中。需要手洗的東西就手洗，其他的就交給洗衣機。

洗完之後立刻拿出來晾。

空太把真白水藍色的內褲掛在曬衣竿上，如此自言自語：

「一年前光是看到這個還會覺得很不好意思呢。」

要碰到內衣褲就會全身冒汗，心跳激烈鼓動。

現在又如何呢？

拿在手上，洗滌、晾乾、摺疊好，甚至交到真白手上說「今天穿這個」，也都能泰然自若。

自己有所成長了。

不，只是單純習慣罷了。或者該說，也許根本只是麻痺了而已……

晾好全部的洗滌衣物後，空太拿著打掃用的滾輪黏膠，再度爬上樓梯來到二樓。

不是到真白正在睡覺的２０２號室，而是隔壁……現在是空房的２０１號室。

沒有放任何東西的三坪大房間。

雖然與空太房間同樣格局，看起來卻顯得格外寬敞。

打開窗戶，吹進了溫暖的春風。並排在旁邊的櫻花樹，花瓣紛紛散落，翩翩飛舞。

「春天到了啊。」

空太深刻感受著，用滾輪黏膠在地板上滾了起來，仔細清掃房間每一個角落。

——為了不管何時誰來住都沒問題，要讓空房間保持乾淨。

這是空太從一位三月之前住在這個房間的學姊繼承下來的重要情感。

打掃完２０１號室後，接著開始打掃另一間空房——１０３號室。同樣仔細黏取每個角落的灰塵。

一旦開始就會專注在打掃工作上，空太接著用拖把清掃餐廳與走廊，順便用掃帚打掃了玄關前方。

因此打掃完畢，太陽已經幾乎要下山，西邊的天空染成一片紅。

把已經全乾的洗滌衣物收回房間裡，堆在床上，一件件分類是自己或真白的，然後再仔細折疊好。

剩下的最後一件，是真白的純白色內褲。

正在折的時候，手機響了。

畫面顯示真白的名字。

「怎麼了？」

『我醒了。』

「要是這種狀況下妳還在睡，就讓人毛骨悚然了。」

『我等你。』

真白只是這樣說完便掛斷了電話。

「啊、喂。」

回應的只是沒有感情的嘟嘟聲。

空太將最後折好的內褲放在洗好的衣服最上面，拿著真白的衣物往202號室走去。

「我要進去囉。」

空太敲敲真白的房門，接著打開。

雖然擔心她該不會又在畫漫畫，不過只見真白乖乖地待在床上。空太打開燈，走進房裡。

真白似乎流了許多汗，瀏海貼在額頭上。然而，臉頰還是有些潮紅，呼吸也還帶著熱度。

空太摸摸她的額頭，果然還在發燒。

「流汗了要不要換件衣服？剛好有睡衣跟內褲。」

總之先把洗好的衣服放在床邊。

「我要洗澡。」

「還沒退燒之前不行。」

「我想洗澡。」

「不行。」

「那空太也一起洗。」

「那結果還不是一樣洗了！」

「你不願意嗎？」

「咦？」

「不願意跟我一起洗澡？」

「不、不是不願意啦！這是那個！我要說的是從椎名感冒這點來看，是不能洗澡的。」

因為想像了奇怪的畫面，結果口氣變得很詭異。

「我不願意。」

「那一開始就不要提出邀約啦！害我都開始稍微想像『該不會就這樣被逼迫，最後真的一起洗澡了』之類的！能不能別玩弄我的純情？」

「想像了嗎？」

「不用對這一點緊追不捨。」

「想像了我的身體。」

「沒有想像到那麼具體啦！」

「沒有嗎？」

「妳希望我有嗎？」

「不想被想像。」

「既然如此……」

正要開口說「那就不需要想像吧」的時候，真白又繼續說下去。

「也不想沒被想像。」

「結果到底是怎樣？」

「矛盾的花樣年華。」

雖然被想像了會很難為情，但是如果沒有，又像是別人不抱興趣似的，也不會開心吧。確實是很矛盾的年紀。

「就某種含意來說，這的確算是個答案！」

「所以，要洗澡。」

「連接詞不對，所以駁回。總之就用毛巾擦拭身體，然後換衣服吧。」

「……」

空太把洗好衣物當中的毛巾與換洗衣服，一起放在枕頭邊。

不過真白完全沒有要起身的意思。

只是用莫名的視線直盯著空太。

「那個，椎名小姐？」

「什麼事？」

「要換的衣服已經放在這裡了，記得要換下來喔？我要到外面去了。」

「欸，空太。」

「嗯？」

真白以帶著熱度的視線往上看著空太。實際上她的確是發燒有熱度就是了。

「空太幫我脫。」

「啥？」

剛剛真白究竟說了什麼？

「空太脫吧。」

「咦？是我脫嗎！」

真白說的跟剛剛不一樣。

「還是空太幫我脫吧。」

「妳、妳知道自己在說什麼吧？」

「因為……」

「因為什麼？」

「……」

真白吐出炙熱的氣息，像是連講話都嫌麻煩的樣子。

「椎名？」

空太催促她繼續說下去，她似乎覺得姿勢不舒服，身體整個翻過來趴在床上。下巴放在枕頭上，呼吸使得肩膀上下起伏。

「渾身無力。」

「因為妳感冒了啊。」

「不想動。」

「這我能理解。」

「好麻煩。」

「這我也能理解。」

身體不舒服的時候，不管多麼微不足道的事都不想動。

「所以，空太幫我脫。」

「這我就無法理解了！理由說明太粗糙了！」

「把睡衣的釦子解開。」

「我不是在問妳具體的內容！」

「一顆接一顆解開。」

「我已經快要開始想像那個畫面了，就此打住吧！」

「用空太的手指。」

「我都叫妳別再說了！」

「褲子用拉扯的就可以了。」

「妳要是也聽一下我說話，我會很高興的！」

「內褲也一樣。」

「做得到才有鬼啦！不是全都露光光了嗎！」

「是全都脫光。」

「這種時候還注意語感的問題嗎！」

「哼。」

真白緊抱著枕頭，發出鬧彆扭的聲音。

「空太真是壞心眼。」

「我可是出於親切才這麼說的喔！妳仔細想想吧？假設我脫了妳的睡衣，我就會看到很多東西，那就麻煩了。」

「空太好色。」

「是妳自己說的吧！」

「不過不用擔心，我有計畫。」

「喔，那我就姑且聽聽看吧。」

這時，真白由趴著的姿勢轉過頭來，半邊臉還埋在枕頭裡，瞥眼望向空太。總覺得氣氛有些害羞。

「空太。」

「幹、幹嘛啊？」

看著真白往上看的目光，空太內心輕易動搖了起來。

「我有事想拜託你。」

「有我能幫的忙，也有我沒辦法做的事喔。」

空太把視線別開，先設下防線。

然而即便這麼做了，在真白發言之前都毫無意義。

「把燈關掉。」

「這樣不是會越來越有那個氣氛嗎！」

「關燈。」

依偎過來的聲音，讓心臟激烈跳動。空太當然很清楚真白沒有那樣的意思，剛剛才被騙了。

她大概只是因為感冒而身體怠倦，所以不想自己換衣服吧。話雖如此，空太經驗也沒豐富到能冷靜應付這種狀況。

「要是這麼亮，我也不願意。」

真白把臉埋在枕頭裡，如此補充。

「很難為情。」

「每天都讓我準備內褲的人還敢說！」

這句話是為了轉換心情，掩飾害臊。不過，現在的狀況已經不是光靠這點程度就能好轉的。

「……」

真白依然趴在床上，靜待空太關燈。

已經沒有退路了。停下來也是地獄，前進也是地獄。儘管已經嚇得魂飛魄散，空太還是受不了眼前的氣氛，衝動地選擇了後者的地獄。

「我、我知道了啦！關燈就是了！」

他站起身，手指放在開關上。

「我要關了喔。」

空太以有些變調的聲音告訴真白。

「嗯。」

他聽到回應後關了燈。

似乎是剛剛談話的時候太陽已經下山，關掉房內的照明，周圍一下子整個變暗了。

不過還是勉強能判斷房裡的影子。

空太回到床邊，先讓真白起身坐在床緣。

空太在她的背後以兩腳屈膝的姿勢應戰，畢竟實在沒有面對面脫真白睡衣的勇氣。

「那、那麼，我要脫了喔。」

「隨空太處置。」

「妳為什麼還能在這個時機點講這種話！」

空太先深呼吸之後，雙手伸到真白身體前面，越過真白的肩膀，以手指觸摸確認第一顆鈕釦的位置，手背上感受到的吐息令人搔癢難耐。

「空太。」

「怎、怎麼了？」

「呼出來的氣好癢。」

似乎是空太的吐息也碰到了真白的耳畔。空太聽她這麼一說，意識到自己的呼吸，才發現自己呼吸急促，便一下子變得面紅耳赤。

「抱歉。」

「不用抱歉。」

「那、那妳可不可以稍微忍耐一下？因為現在光是跟我講話，就會讓我心驚膽戰啦！」

好不容易解開第一顆釦子，接著也攻略下第二顆。不過，當空太的手要伸往第三顆鈕釦的時候，視線朝向解開鈕釦而敞開的真白胸前。透過窗簾照射進來的街燈微光下，也能清楚感受到她肌膚的白皙，描繪出男人身體所沒有的流暢曲線。

現在不是對感冒的真白產生情慾的時候，不過這微小誘惑卻不是那麼輕易就能移開視線。

「空太？」

真白轉過頭來，臉蛋就在空太眼前。

「這、這個不是那樣的！」

而且就在動作的這一瞬間，真白的睡衣一邊從肩膀上滑下來，從後頸到背上，一口氣增加了膚色面積。驚慌失措的空太完全說不出話來。

「還有釦子沒解開。」

真白輕聲說道，把視線移向地板，也將滑落的睡衣拉回肩上。

「……」

該不會是覺得難為情吧。

「……快一點。」

略顯沙啞的細微聲音。

「啊，嗯。」

空太猛搖頭甩開煩惱。接著，把剩下的鈕釦全解開了。

他吐了一口氣。

「呃……那麼，我要脫了喔。」

「……嗯。」

空太從後方拉住睡衣準備脫掉。

「……不行。」

不過才脫到肩膀，真白便小聲說著，接下來就拉不動了。

「還是不行……」

真白又說了一遍，用還在袖子裡的雙手遮住完全露出的上半身。受到壓迫的胸前看起來更加豐腴，縫隙處可以窺見柔嫩的肌膚，更刺激地映入空太眼簾。

更重要的是，真白那就像普通女孩子的動作，讓空太的血壓飆高，瞬間腦袋暈了起來。

「抱、抱歉！」

脫口而出的只有這句話。雖然他並不是在做什麼壞事……

「嗯。」

也許是因為真白低著頭，回應聽得不是太清楚。

「……」

「……」

就在彼此動彈不得的情況下，造訪的沉默無止境深遠。

「呃、呃，我說啊……」

空太試著硬擠出話來，卻說不出有意義的話語。

心臟撲通撲通狂跳，只聽得到這個聲音。呼吸急促，視野變狹窄，空太眼裡只看得見真白。

理性不知道跑到哪裡去了。然而，彷彿抱著自己的真白纖弱的背影，制止住空太的慾望。

瀕臨爆發邊緣的膠著狀態。打破這個情況的，是一陣敲門聲。

「神田同學，你在嗎？」

是七海的聲音。

「我、我在啊！」

喪失冷靜判斷能力的空太反射性回答，之後立刻發覺「糟了」而感到後悔也已經來不及。

「我進去了喔。」

「等、等一下！」

空太制止的同時，門被打開了。

「真白的狀況怎麼樣……了！」

還抓著門把的七海停下動作。

「……」

「……」

看著空太與真白，眨了幾次眼，嘴型停在「啊」的形狀，緊接著開始渾身抖個不停。

「這、這個不是啦！」

「打……」

「打？」

「打擾了！」

七海沒聽任何解釋，便用力關上門。

「哇～～等一下啦！真的等一下啦！妳誤會了！」

空太拚命向門的另一頭呼喚。

不過七海並沒有回來。這也難怪，就連空太也不認為自己的話具有說服力。

狀況已經清楚說明了一切。

在關了燈的昏暗房間裡，空太與真白在床上，真白的睡衣還脫到一半，而試圖脫掉她衣服的人正是空太。

不管誰來看，就是這樣的場面。

「還、還是不行！」

七海再度開門走進房間。

「神、神田同學！」

手直指著空太。

「是、是的！」

反射性回話的空太，在對方開口前就先跪坐在床上。

「就、就算你再怎麼興奮也不能這樣！真白可是感冒耶！那、那種行為應該忍到她感冒好了再說！」

「等等、等等！不是那樣啦！」

「不用狡辯了！」

「不，妳聽我說！真的是誤會！因為椎名說她流汗了，我只是幫她換衣服而已！她說渾身無力，沒辦法自己換衣服！流了汗沒換衣服也不好吧？對吧，這樣不好吧？」

他拚了命一口氣滔滔不絕。

「……咦？」

結果七海口中發出茫然的聲音。

「欸，椎名？是這樣吧？」

「是啊。」

「真、真的嗎？」

七海再次向真白確認。

「真的喔。」

真白模仿七海的關西腔說道。

「可、可是沒有開燈……」

「那、那是因為……椎名說她會不好意思，沒、沒有其他奇怪的含意啦！沒別的意思！」

「如果是真白，的確有這個可能……呃～～……」

似乎已經理解情況的七海視線飄移，大概是對自己的會錯意感到難為情。

「也就是說，是我搞錯了？」

「是啊。」

「七海以為是什麼？」

「就、就是……」

滿臉通紅的七海吞吞吐吐。

「就是？」

不由分說的真白繼續追究。

「沒、沒事啦！真白換衣服才換到一半吧！剩下的我來就行了，神田同學趕快出去吧。」

七海強迫空太站起身，硬推著他的背。

「為什麼是對我生氣啊？」

「誰、誰叫你要做出讓人誤會的事。我、我可是真的嚇了一大跳呢。」

「我也是真的嚇了一大跳啊……」

這是毫無虛假的真心話……

4

「唉……真是累慘了。」

先一個人下樓到餐廳的空太坐在椅子上放鬆。背靠在椅背上盡情伸展，肩膀與脖子發出喀喀的聲音。

「其實是覺得很好康吧？」

隨著聲音一起出現的是七海，似乎已經幫真白換好衣服了。

七海隔著圓桌坐在空太正對面，托著腮瞪了過來，眼神意味著「總之先辯解讓我聽吧」。

「剛、剛才那個該說是不可抗力，還是該說是她拜託我的，所以沒辦法吧。」

「真白的肌膚雪白無瑕吧。」

「嗯，這倒是……」

「喔～～你果然是用這種目光在看她的。」

直盯著空太的七海眼神明顯帶著輕蔑。

「不是！反對誘導套話！」

「神田同學是大色狼。」

「不、不，這可是健全男高中生的樣子。」

空太試著把話題拉回一般論。

「一天到想著下流的事啊。」

「才沒有一天到晚都那樣啦。」

「雖然沒有一天到晚，卻會對感冒的女孩子產生情慾。」

「那、那是本能使然。」

「做為一個人而言，這有問題吧。」

「關於這一點，我確實沒有辯駁的餘地……」

空太乖乖反省，七海則輕輕嘆了口氣。

「無所謂啦。」

「既然這樣，妳可不可以不要用不滿的眼神看著我？」

現在七海也還用責備般的目光，目不轉睛地盯著空太。

「我本來就長這樣。」

「不，沒那回事喔。平常是更……」

「更怎麼樣？」

「呃……感覺不錯？」

因為慎重地選擇用字遣詞，結果變得虎頭蛇尾。

「雖然我本來就不抱期待。」

不同於說出口的話，七海大大嘆了口氣。

沒多久，空太放在圓桌上的手機便喀噠喀噠地暴跳起來。是來自真白的傳喚。這已經是今天第幾次了？

空太無言地抓起手機，站起身來。

「只要呼叫就會立刻去啊。」

七海喃喃說著。

「反正一定不是什麼重要的事。」

「我也來感冒一下好了。」

「嗯？」

「沒事。」

似乎有些鬧情緒的七海目送空太走出飯廳。

「椎名，怎麼了？」

來到真白的房間，空太便在床緣坐下。

「我睡不著。」

「這找我商量恐怕也沒有用。」

「今晚空太不讓我睡。」

「可不可以不要加上『今晚』啊！會害我開始想像激情的夜晚！」

「空太很激情呢。」

「根本什麼都還沒做吧！」

「接下來才要做嗎？」

「會做才有鬼啦！話說，這是什麼對話啊……」

進來房間不到一分鐘就已經累了。

「空太。」

「有何貴事？」

空太滿不在乎地回應。

「說點什麼故事吧。」

「什麼故事是指什麼？」

「我想想，比方說……枯燥乏味的故事。」

「妳打算藉此來入眠？」

「我期待你的表現。」

「就算被期待耍冷，我也一點都不覺得高興！況且，我根本就不是通告藝人，沒有什麼可以講給別人聽的梗喔。」

「真是沒用呢。」

「我可以生氣嗎？可以吧？」

「不然，丟臉的故事也可以。」

「那更不想講啦！」

「為什麼？」

「當然是因為很可恥啊！」

「再不然，初戀的故事。」

「咦？」

對於出乎意料的提案，空太老實地感到驚愕，瞬間為之語塞。不過仔細想想，以對話的發展來看果然很詭異。

「這只是把丟臉事蹟變得更具體而已吧！」

「沒聽到之前我是不會睡的。」

「能不能也留給我選擇的餘地？」

「……」

才剛講完話，真白便不發一語地等待空太開始講故事。發展至此，說什麼都沒用了。對於我行我素，自己就是法律的真白而言，空太覺得如何根本不重要。

空太下定決心……或者該說幾乎放棄了，於是開始說道：

「那是我還在念幼稚園的時候，對方是剛進來的保母……」

「呼……呼……」

「……」

大概是自己多心了，總覺得聽到睡著的呼吸聲……

「呼……呼……」

不是自己多心。

「有枯燥乏味到讓妳立刻睡著嗎！」

「……嗯，空太好吵。」

「啊！糟了！」

好不容易才讓真白睡著，因為猛烈吐槽的關係，她又醒過來了。

「空太，駁回。」

駁回什麼？實在是莫名其妙。

「突然被妳這麼說的我感到十分困惑，可以請妳仔細說明是駁回什麼東西嗎？」

「綾乃說，幼稚園的初戀都是扮家家酒。」

「飯田小姐竟然這麼多嘴！」

「我要求更真實的初戀故事。」

「小學高年級左右的？」

「就是這個。」

「很踐嘛妳。」

「說來聽聽。」

「不准又立刻睡著喔？不對，妳可以睡啦！」

讓她早早睡著反而比較好，雖然會留下無法釋然的感覺……

「我對空太的初戀很有興趣。」

真白從棉被裡伸出手。

空太以視線詢問這是在做什麼。

「握我的手。」

真白便如此說道。

「有關於讓我覺得困擾的事，妳可真是天才啊……」

「握我的手。」

真白又說了一次，空太無法拒絕，便輕輕握住她的手。

「然後，說來聽聽。」

「好、好……那是我小學五年級的時候吧。雖然不清楚是經由什麼管道得知的情報，不過那是在某天從學校放學回家的路上，一起回家的西谷同學告訴我的。他說一班的星川好像……那個……喜、喜歡我。因為我們不同班，而且從來沒講過話，所以在那之前我完全沒有注意她……聽說這件事之後，我就開始莫名地意識到她。一開始我想，這一定是騙人的吧？不過在走廊上擦肩而過的時候，我們的目光都會對上。我那個時候踢足球，每次比賽的時候，星川都會來看……就在重複這些事情的同時，我變得非常在意她，回過神來的時候，就、那個……已經喜歡上她了。哈哈……」

最後的笑聲完全是在掩飾自己的難為情。

「結果，小學畢業後，星川去念私立國中，所以我們也沒真的發生什麼事。我也是一直到今天才又回想起這件事……」

臉發燙到幾乎要燒起來了。

現在實在沒有餘力偷看真白。

「那、那個，椎名的初戀是什麼時候？」

空太覺得現在好像就能問出口，決心放手回問她。

「呼～～」

回應他的只有毫不客氣的睡眠呼吸聲。

「……」

空太拚命忍住想抱怨的衝動。要是這時又把真白吵醒，就未免太沒學到教訓了。

「我為什麼要這麼正經八百地說初戀的故事呢？」

「空太……」

「唔喔。」

本以為又把真白吵醒了，不過她依然熟睡著。看來似乎是在講夢話。

「那樣……不行喔……」

「那樣是哪樣啊……」

空太回應著夢話，用手摸摸真白的額頭。跟今天早上比起來，似乎已經退燒了不少，只有微微發燒的程度。這樣的話，明天早上應該就能恢復精神了。

總之，今天一整天的辛苦總算安穩地獲得了回報。空太一這麼想，便覺得鬆了一口氣。

他把輕輕握住的真白的手，放回棉被裡。

不過即使想放開卻沒辦法，因為真白緊緊握著。要是硬拉開又讓她醒過來，那可就麻煩了。

「……咦？所以我要保持這樣嗎？」

關於這個疑問，沒有人能回答。

「就這樣吧……」

空太無可奈何，自己做出了這樣的結論。

5

隔天早上，空太被某人搖動身體而醒了過來。

立刻察覺這不是自己的房間，似乎是昨晚就這樣坐在地上，趴在真白的床上睡著了。因為一直拱著背，所以腰部感覺痠痛。

空太坐起身，就與坐在床上的真白目光對上。

「早安。」

「早、早啊……感冒好了嗎？」

「不，渾身無力。」

「我看看。」

空太把手伸向真白的額頭。是熱的，確實還有些發燙。而且麻煩的是，感覺上似乎比昨天還燙，臉頰也是紅通通的。

「來，體溫計。」

真白將空太遞過來的體溫計，從領口塞進睡衣裡。空太把臉轉開，避免視線飄向隱約可見的胸前雪白肌膚。

等了五分鐘。

「量好了。」

空太看著接下的體溫計刻度。

三十八點二度。

「竟然比昨天還高！」

「昨天？」

聽起來就像是在問「那是什麼」的語氣。

「就是妳不自覺玩弄我的理性的那個昨天！」

「我昨天一直都乖乖地在睡覺啊。」

「不過妳的發言可是非常混亂呢！」

「昨天什麼事也沒發生。」

如此斬釘截鐵說著的真白，表情看來不像在說謊。

「……妳真的不記得昨天的事了嗎？」

把她背到房裡；間接接吻；關燈幫她換衣服，結果搞得很像那種場面……因為發燒導致腦袋昏沉，所以這一切都不記得了嗎？

「昨天……」

「妳仔細回想一下，有沒有想起搞得我很麻煩的各種畫面？」

「這麼一說……」

「喔！想起來了嗎！」

「空太整晚都跟我在一起，卻什麼也沒做。」

「所以犯個錯會比較好嗎！妳就是說這種話來玩弄我的啦！」

這時，敲門的聲音打斷他們。

門從外面打開，七海探出頭來。

「真白，感覺怎麼樣了？」

「我的照顧化為烏有，竟然比昨天惡化……」

「這樣啊……哈啾！」

是自己多心嗎？七海剛剛好像打了個噴嚏。

「……」

「……」

「那個，青山小姐？」

「不是啦……哈啾！」

看來似乎不是用自己多心了就可以帶過。

「就連一丁點的說服力也沒有啦，該怎麼辦！」

一大早疲累感就泉湧而上。

「哈啾！」

這次則是連辯解都來不及，只是單純地打噴嚏。

「連我都頭痛了……」

「空太。」

真白呼喚著，空太便轉過頭面向床。

「幹嘛啊……」

「今後我的事也拜託你了。」

「不要把自己的事全部都丟出來！」

「不行嗎？」

「妳也想想非得照顧妳不可的我的辛苦吧！」

「沒問題的，空太。」

「有什麼根據說來聽聽吧。」

「因為，跟平常沒兩樣啊。」

「可惡！確實是這樣沒錯！」

真白一臉正經地回應。

如此說著的空太旁邊，七海吸著鼻涕。

「哈啾！」

接著，第四次打噴嚏。已經沒有懷疑的餘地了。

「話說回來，狀況竟然比昨天還要惡化，我實在無法接受！」

這一天的櫻花莊會議紀錄如下。

——就這樣，空太大人的春假伴隨著感冒一起結束了。書記．女僕

青山七海
更少女的春天
寵物女孩

為什麼光是分配到同一個班級，就會讓人想哭呢？

光是坐在隔壁座位，就忍不住露出笑容……

明明想留在他身邊，待在他身旁又覺得幾乎要窒息了……

到底是為什麼呢？

……這一定都是因為喜歡他的緣故。

1

櫻花花瓣紛落飛舞的春天。

四月八日，水明藝術大學附屬高校……通稱水高的新學期第一天。

在始業式上聽著校長不斷重複「三年級生最後一年的的高中生活……」這句話，七海稍微有了已經成為三年級生的實際感覺。

沒錯，今天起就是三年級了。如同校長熱心指導的一樣，高中生活只剩下一年而已。雖然絕不算短，不過，大概也不很長吧。

明年三月即將從水高畢業。雖然現在還無法想像迎接那一天到來的自己會是什麼樣子，但每天都將一點一點更接近畢業的日子。

正因如此，七海想度過無悔的一年。像是以聲優為目標，未來的志向……還有包含戀愛在內的全部。

「太好了呢，七海。」

始業式結束後，一進到今早才公布的三年一班教室裡，高崎繭便如此說著，並挽著七海的手臂。短髮與圓滾滾的大眼睛，調皮地往上看著因為被呼喚而感到驚訝的七海。

「妳在說什麼？」

七海雖然知道她是指與某位男孩子同班的事，卻故意假裝不知道。

「又來了，每次都是這種態度。」

用手摀著嘴的繭，一臉壞心地嘻嘻笑著。在班上個子最嬌小，以高三生來說有張娃娃臉的繭，倒是很適合這樣誇張的動作。

繭的視線望向一位正在講台上的籤筒抽出座位號碼的男學生背影。身材並不特別高，也不特別矮，體型也只是一般。既不是棒球社的王牌，也不是足球社的社長，是一名極為平凡的高三生，名叫神田空太。

空太大大打著呵欠，拿手上的籤紙對照黑板上的座位表。

「嗯……算不錯吧。」

「唉呀唉呀，七海也長大了呢～～」

「哪裡長大了啊？」

「妳忘了去年還不率直地說了：『就、就算不同班也沒什麼關係啊……』」

「那、那是，嗯……也許有這麼說過吧。」

「不過啊～～連續三年都同班，說不定是有命運的紅線牽絆呢～～」

「要這麼說的話，那繭跟彌生也一樣有紅線牽絆吧。」

七海面對調侃語氣的繭，輕描淡寫地回應。

連續三年同班的人並不是只有空太。現在還挽著自己手臂的繭，以及從剛才就站在兩人後面的本庄彌生也是。要說七海與空太之間繫著紅線，那就表示繭與彌生也一樣。

「沒問題的，神田同學不是我的菜。」

「畢業典禮的時候，妳不是還恍神地說『說不定有可能……』嗎？」

原本沒出聲的彌生插嘴了。爽朗俐落的成熟態度，再加上修長的身材，不穿制服的話大概會被誤認為大學生吧。在壘球社鍛練的身材結實，尤其腹肌實在讓人羨慕。

「那、那只是一時迷惑！而且，我不是叫妳不可以跟七海說了嗎！」

薾揍了彌生肚子一拳。不過，嬌小的薾軟弱無用的一擊，彌生根本不痛不癢。反而是薾被彈開來了。

「薾一樣還是三分鐘熱度的小朋友呢。」

「我是為了想談戀愛而談戀愛的花樣年華，所以無所謂！」

「我想就是因為這樣，彌生才會說妳是小朋友吧。」

「沒錯、沒錯。」

「啊～～！我的事一點也不重要啦！啊，妳看，神田同學的座位已經確定了喔。」

七海被催促著而將目光移向空太，他的座位是在窗邊從後面數來第二個位子。幸運的是，現在他的前、後跟隔壁都還是空位。

「七海絕對要抽中三號籤喔。」

空太隔壁的座位。

「座位不在一起也無所謂啦。」

「真的嗎？」

薾挺直身子，把臉靠近並瞪著七海。

「是有想說要是能坐他旁邊就好了啦。」

七海沒辦法，只好小聲說出真心話。

「對吧！既然如此，就要多加把勁兒。」

「抽籤這種東西要怎麼加把勁兒啊？」

彌生一副真是受不了的語氣問道。

「這時當然就靠那個囉。」

繭的視線飄到莫名其妙的方向。

「哪個？」

彌生毫不留情地追問。

「全、全神貫注囉！」

「簡單說就是沒計畫嘛。」

「不、不然，彌生妳就有什麼辦法嗎？」

「雖然不能說是必勝法，不過要是我或繭抽到了比較近的座位，偷偷對調不就好了嗎？這樣也多少提升了機率吧。」

「就是這個！」

繭毫無尊嚴地緊咬彌生的提案。

「不、不用啦。這樣是犯規。」

「犯規也無所謂！七海可不能不去思考跟對手的戰力差距！」

「戰力差距是指……」

「椎名同學可是可愛到存在本身就是犯規，就連神明也能理解這樣的讓步是必要的啦。」

「……那當然啦，要是跟真白比，我根本連生下來的價值都沒有啦。」

「七海已經夠可愛了，不用在意繭說的話。」

彌生說著移動到講台前，從箱子裡抽出換座位用的籤紙。

「啊！我本來想先抽籤，然後賣人情給七海耶。」

繭立刻追了上去。

「這種真心話請藏在心裡吧，繭。」

七海也跟上嬌小的背影。

來到旁邊，彌生立刻攤開抽到的籤紙。

「抱歉，是走廊那一側的最後一個座位。」

「還真是個好位置嘛……那麼，接著就換我囉。」

繭直盯著箱子裡的籤。

「我看到了！就是這個！」

繭露出勝利的得意笑容，打開籤紙。

「……」

但看到數字的瞬間，繭便完全說不出話來。

七海與彌生對看一眼，探頭看了繭的籤紙。上面的號碼是十號，是最前面……而且還是在講桌正前方的犧牲品座位。

「謹表哀悼。」

「彌生，跟我換啦！」

「繭如果坐在最後面，會嬌小到看不到黑板吧？」

彌生把手放在繭的頭上。兩人之間有一顆頭的身高差距，因此這樣站在一起會讓人覺得不像是同學。

「看得到啦！」

「如果是繭坐在講桌前的座位就不會擋到大家，不是很好嗎？」

「啊～～對耶，不愧是彌生！妳以為我會這麼說嗎！」

「妳不是說了嗎？」

兩人感情還是一樣這麼好。七海不以為意地準備抽自己的籤。

轉頭看了一下窗邊的位子，後面數來第二個座位，空太正以手托著下巴，茫然眺望著在空中飄的雲。

七海目標是他旁邊的座位。

再度轉向籤筒，緊張了起來。

心臟撲通撲通狂跳不已。

腳邊一股心神不定的感覺竄了上來。

——希望能抽到三號。

七海並不是特別向誰祈禱，從數量已經少了許多的籤紙中，選了一張覺得應該會中的籤。

她一邊吐氣，以顫抖的手指緩緩攤開來。

接著意識到映入眼簾的數字之後，自然地發出聲音。

「啊！」

「怎麼樣？」

繭身體緊貼過來窺探。

「啊！」

接著，繭也與七海一樣張大了嘴。

就連不發一語地確認籤紙的彌生，也發出驚訝的聲音。

「啊！」

因為七海抽到的籤紙上面正寫著三號……那就是她內心期盼的空太旁邊的座位。

「太棒了呢，七海！好厲害！或者該說，有點噁心！該不會真的有紅線牽著吧？」

繭拍了拍七海的背。

「好了好了，該去打聲招呼了。」

「等、等一下，繭，別推我啦。」

七海被繭推了出去，驚慌的腳步接近座位。

好不容易才隱藏住幾乎要顯露在臉上的喜悅。即使試著努力，嘴角還是會忍不住笑開。

「嗯？我的隔壁是青山啊？」

七海一坐下來，空太立刻注意到並出聲打招呼。他一臉悠哉的蠢樣，當然不會察覺七海想抽中這個座位的心情。雖然被察覺到也會很困擾……不過，完全沒意識到也讓人覺得生氣。

「為什麼淨是這些事情進行得很順利啊？」

明知道自己只是遷怒別人，卻還是忍不住嘆息。

「我做了什麼壞事嗎？」

「說不定我意外受到上天眷顧呢。」

在諸事不順當中，真要說實現了什麼事，就是跟空太同班……以及座位在空太隔壁。全都與空太有關。

「……妳到底在說什麼？」

「不過神田同學這樣，大概稱不上是受到眷顧吧。」

七海在心中又深深地嘆了口氣。

「您可不可以把我的評價說得也讓我聽得懂？」

「不要。」

七海壞心眼地如此說完，空太便一臉覺得莫名其妙地皺起眉頭。樣子實在很有趣，七海低聲笑了。

接著，空太又露出更疑惑的表情，這又引得七海發笑。

因為這種細微的事而產生些許幸福的感覺，也許是自己有那麼一點飄飄然了。不，能坐在空太隔壁，恐怕已經飄飄然得很厲害了吧。

就在這時，七海感覺到了某人的視線。她環顧教室，立刻與藟和彌生目光對上。

藟在講桌前的座位上招著手，要七海過去。

級任導師白山小春似乎還沒出現。因為還有時間，七海便離開座位，來到藟的身邊。把東西移到桌上的彌生也立刻走了過來。

「什麼事？」

「妳就趁勢直接告白了吧。」

藟乾脆地說出意想不到的話。

「妳、妳在說什麼啊！」

「七海一直這樣下去也無所謂嗎？」

「這個嘛……」

「說清楚一點。」

「嗚，是不太好。」

沒錯，是不太好。自己覺得一點也不好，所以曾一度下定決心告白。聖誕夜的約會，與空太有了一個約定。二月份的甄試結束後，有話想對他說……

然而，重要的甄選結果把七海擊垮，再加上之前三年級生畢業以及宿舍拆除的問題，所以無法跟空太表達心意。

在那之後時間不斷流逝，現在已經四月……

「妳想跟他交往吧？」

「……」

七海無法立刻回應繭的問題。

「現在……不太確定。」

「什麼跟什麼啊？」

「該怎麼說呢，那個……」

「那個？」

「有想獨占神田同學的想法。」

七海很明白自己是在強求不屬於自己的東西，只是單純羨慕讓空太照顧的真白。

「……」

「……」

聽了七海如此發言的繭與彌生，無言地面面相覷。

「唔哇，七海占有慾好強！」

「咦？是、是這樣嗎？」

「這樣很普通吧。」

彌生乾脆俐落地幫腔。

「當然啦，比起像彌生這樣不拘小節的人，這樣可能還比較受男生歡迎啦。嗯，就先當作可行繼續話題吧。」

不知道繭一個人理解了什麼……

「總之！七海想跟神田同學成為男女朋友，擁有甜蜜又Sweet的關係吧？」

繭興奮地如此追問。

「那就是甜蜜蜜的關係，繭要說的意思是這樣嗎？」

「彌生不要抓我的語病！」

藺手直指著彌生。

「先不論藺的表現方式，我倒也贊成她的意見。」

彌生無視於藺，如此說道，並直率地看著七海的雙眼。

「等、等一下，怎麼連彌生都這樣。」

「要是一直沒能說出心意，哪天神田跟誰開始交往，七海絕對會後悔。」

「話是這麼說沒錯啦……真要說的話，我一直都在後悔。」

沒錯，一直在後悔當中。

「早知道在真白來之前，就該先告白了。」

「……」

七海抬起頭來，一臉受不了的藺與彌生就在眼前。

「抱、抱歉，忘了吧！我講了好消極的話。」

「啊～～真是的！七海太可愛啦！要是我是男的，絕對會迷戀上妳的。因此，來規劃告白大作戰吧。」

「不、不要那麼大聲說告白什麼的啦！」

附近幾個同學明顯有所反應，大家對於這種話題都很敏感。

「妳說的作戰，是打算要怎麼做？」

「反正一定不是什麼像樣的作戰吧。」

「呵呵呵，兩位都忘了嗎？我們三年級生可是有稱為畢業旅行的大活動在等著呢！」

「那是五月期中考結束之後的事吧？還久得很……」

「Shut up！不然七海有辦法現在立刻告白嗎！」

「不可能。」

立刻斬釘截鐵回答。

「對吧？所以為了那一天的到來，從今天起就要開始準備了！」

「準備？」

七海歪著頭。

「逐漸炒熱兩人的感情。」

「具體來說，該怎麼做？」

這次是彌生提出疑問。

「既然住在一起，就有很多事可以做吧。」

「很多事是指？」

不抱期待，姑且問一下。

「睡昏了頭，潛入神田同學的床之類的。」

「七海不是這種人吧。」

彌生深深嘆氣。

「洗完澡只圍一條浴巾，在神田同學的面前晃來晃去。」

「這、這種事怎麼做得到啊！」

「所以說，七海這樣不行喔！」

「我不行啊……」

「這個胸部是為了什麼養大的啊！」

繭伸手過來，一把抓住七海的胸部。

「啊！」

「我都知道喔。竟然拋下我，自己罩杯升級了！」

「這、這個是……因為三月打工變少，沒什麼勞動所以體重增加，或者該說是副產物……」

「果然還是變大了不是嗎！」

繭把臉埋進胸部。

「還不住手！」

彌生如此說著，手刀往繭的腦門敲下。

「好痛。」

繭誇張地表現出很痛的樣子。不，說不定意外地真的很痛。

「總之，要更多誘惑！反正男孩子就只是想做而已，先讓他們瞥見誘餌，然後再釣上鉤！」

「由繭說出口，說服力果然不同凡響啊。」

彌生帶著諷刺的視線，從頭到腳打量了繭。看起來嬌小的繭，身材勻稱纖細。

「我是靠內在決勝負的。」

「七海更是靠內在決勝負的。」

「彌生，妳這話是什麼意思？」

繭笑咪咪地回問。彌生無視她的問題，還如此向她挑釁：

「繭，妳知道什麼叫凹凸有致嗎？」

「我知道。因為那是我夢寐以求的形容詞嘛！不對，開什麼玩笑啊！」

「玩弄繭果然太讓人愉快了。」

「我一點也不愉快！」

「七海要告白的事無所謂了嗎？」

「才沒有無所謂！」

繭鼓著雙頰。

就七海而言，如果能就這樣轉移話題倒還比較愉快……

「不管怎麼樣，七海每天誘惑神田同學就是了！然後，要在畢業旅行時告白喔。」

「就算妳這麼說……」

「可以嗎？」

「嗯、嗯……我努力嘗試看看。」

現在已經是不回應就結束不了的氣氛，七海不得已只能回答。

「很好。」

話雖如此，要誘惑他也實在困難。雖然說同樣住在櫻花莊裡，就是會有一些偶發事件。有是會有，但是像藺所說的——睡昏頭潛入空太的床、洗完澡只裹一條浴巾在他眼前晃來晃去，這些都不是七海，而是真白常做的事……

事到如今，七海再做也不會有效果。就如同剛才藺所說，真白不是普通的可愛，存在本身幾乎讓人想大喊：「根本就是犯規！」關於這點，在同一個宿舍生活的七海遠比藺或彌生更清楚，就身為爭奪空太的情敵也有強烈的感受。

這麼說的話，要是能乾脆放棄空太也許還比較好。不過，感情不是那樣簡單的東西，無關道理，衝出來的情感完全不受控制，事到如今自己也無法應對了。

「先把藺的玩笑擺一邊，專注在認真思考傳達心意這件事上就好了。」

鈴聲響的同時，彌生如此說完便回到座位。

「誰在開玩笑了啊！」

七海聽著繭的吶喊，也決定回到自己的座位。

坐下後與隔壁的空太目光對上了。

胸口小鹿亂撞，都是因為繭說了要她告白的事。

不過，不能再這樣下去倒也是事實，七海偷看空太側臉，試著在心中傾訴「我喜歡你」。

結果面向黑板的空太打了個大呵欠，實在不是能配音「我也是」的表情。

對於這樣的空太，七海在心中罵著「笨蛋」。

「真是前途多舛啊……」

「青山，妳剛說了什麼嗎？」

「只是自言自語而已。」

看這狀況，告白恐怕還遙遙無期吧——此時的七海如此心想。

然而，與七海預料的正好相反，告白的機會比想像中更快來臨。

這一天吃完晚餐，在櫻花莊的飯廳裡，七海與圍繞著羞澀氣氛的空太對峙。

「妳說突然有話要對我說……是什麼事？」

空太的聲音因緊張而沙啞。

「嗯，是還滿重要的事……吧。」

七海的聲音也顫抖著。

「我……一直有話想對你說。」

「這樣啊……」

「嗯，我……」

心跳加速。

「……」

「我一直、一直……」

心臟撲通撲通跳個不停。

「……」

「我一直喜歡著你。好喜歡你。」

想對空太說，一直想對空太說……所以更說不出口的話。

「……」

「……」

「我也一樣，有同樣的心情。」

這也是想從空太口中聽到的話。

如果這不是為了甄選做的練習，不知道該有多好。

七海忍不住這麼想著。

忍不住如此期盼。

練習結束後一個人回到房間，七海胸口的悸動卻仍舊沒有要平復下來的跡象。即使鑽進被窩裡，也完全睡不著。

在昏暗的房裡緊抱住老虎抱枕，蜷曲著身子。

「那個，虎次郎。」

「『幹嘛啊？』」

七海改變聲音，自己說著虎次郎的台詞。

「人家啊……」

「『喔。』」

「喜歡神田同學呢。」

「『別跟我講，向本人說去。』」

「人家要是辦得到，就不用跟虎次郎說這種事了。」

「『說的也是。』」

心臟還是激動狂跳不已。就算是練習，「我喜歡你」這句台詞果然還是特別的，而且又是對空太說，實在沒辦法保持平常心。

光是回想起來都讓人滿臉通紅。

同樣的，即使只是練習，從空太口中聽到「我也有同樣的心情」，臉頰肌肉就是會不檢點地揚起嘴角。雖然因為察覺自己喜上眉梢而試圖恢復正經的表情，不過實在相當困難。

即便想轉移注意力也沒能成功。結果，七海再度回想起練習時告白的難為情，一個人在棉被裡扭動著。

「啊～～真是的～～這樣怎麼睡啊……」

這樣的情況，一直持續到黎明拂曉……

2

開始進行甄選的練習這三天，與空太一起感到難為情的時間裡，一下子小鹿亂撞，一下子又心想「不過，這只是練習而已」而感到沮喪，七海度過了情緒高低起伏極大的日子。

希望能一直繼續下去，卻又不希望如此……與空太正是這樣複雜的關係。

「不過只是現在的話，應該無所謂吧……」

正當七海開始這麼想的時候。

因為出乎預料的形式，七海沒辦法再繼續飄飄然下去了。

原因在於真白。

過了一週，剛開始上課的週二發生了一個事件。明明還在上課，真白突然來到普通科教室，抓了空太的手就把他帶出去。

班上充滿兩人的流言蜚語。

「那兩個人是怎麼回事啊？」

「果然是在交往嗎？」

「雖然是很意外的組合，不過有可能嗎？」

「兩個人不太搭吧？」

住在同一個宿舍的七海被東問西問，煩到不行。明知道班上同學並沒有惡意，只是不斷被問到兩人的事，便發出鬧情緒的聲音。

「這種事不要問我。」

不過，關於這件事的問題根本不在這裡。

對七海而言，重要的是真白帶走空太的理由。

——為了畫空太。

就字面上來說，就只是這樣而已。如果不是真白畫畫，大概完全不會注意到。不過，七海立刻就發現了，正因為是真白，所以要畫空太一事具有重大意義。

真白從懂事之前就開始握畫筆。

不是透過語言或表情，而是藉由作畫來表現自己的天才畫家。

這樣的真白在這個時期開始畫空太的畫，七海明白其中的原因。因為自己與空太在練習的時候，真白看起來有些不滿……

畫作完成的時候，就會產生變化。七海有這樣的預感，不，或許該說是確實感受到了。因為有這樣明確的感覺，更重要的是，七海知道真白的畫所呈現出的情感是極具說服力的。

告知班會時間結束的鈴聲響起。

值日生彌生以淡然的口氣說著：

「起立，敬禮。」

從今天一整天的課程被解放的教室裡，一下子喧鬧了起來。

七海看著隔壁座位的空太，發現他正一個人專心地在筆記上寫東西。大概是最近開始製作的遊戲點子筆記。連上課也放著不管，專住在遊戲製作上。

一旦到考試前，大概會跟七海借筆記。

雖然不完全因為這樣，不過七海還是盡可能認真抄筆記，有些期待空太的「謝啦」……

七海如此勤勉努力沒能傳達給空太，一放學，空太便到美術教室擔任真白的繪畫模特兒。真白開始畫畫至今已經超過十天，仍毫不間斷持續著。

七海總覺得不是很愉快，也討厭這麼想的自己。

「唉……」

混濁的情感成為嘆息吐了出來。

「怎麼了？青山？有什麼不愉快的事嗎？」

大概是遊戲點子的整理告一個段落了，空太一邊將筆記收進書包一邊天真無邪地問道。雖然很開心他注意到自己，不過因為嘆氣的原因在於空太，所以也高興不起來……

「只是稍微陷入自我厭惡而已。」

「喔～～」

似懂非懂的曖昧反應。不，看起來應該是不懂。

「妳接下來要去打工嗎？」

「不，今天沒有打工，倒是跟小春老師約了志願面談。」

「喔喔，那個啊……最好當心一點喔，因為她會問一些怪問題。」

空太口氣聽起來非常不愉快。他已經先完成面談，也許是發生了什麼事。

「怪問題？」

七海如此回問，空太便有些躊躇似的別開視線。

「該怎麼說呢……就是隱私的事情。」

「喔～～……神田同學今天也要去當真白的模特兒嗎？」

七海下意識問得有些嚴厲。

「嗯？是啊。回去之後再陪妳練習。」

「我並不是擔心這個才問的……」

她很明白自己的不講理，不過忍不住就想向空太抱怨不滿。

就在兩人說著這些話的時候，原本吵雜的教室氣氛瞬間安靜下來。緊接著——

「空太。」

真白的聲音滲透進教室內。

還在教室裡的學生視線集中在真白身上。真白絲毫不以為意，快步走到教室裡側的七海與空太身邊。

「要開始了。」

「好、好。」

真白沒有任何猶豫，拉著空太的手肘。

「兩人的共同作業。」

「別講得好像結婚典禮切蛋糕一樣！只是妳單方面畫畫而已吧！」

空太彷彿在向周圍辯解，便被真白帶出教室。接著，教室彷彿回過神來，恢復了嘈雜。

「我說七海啊，那樣也無所謂嗎？」

目光繼續看著兩人離去的門口，如此開口的人是繭。

「雖然妳這麼問，那也不是我能插嘴的事。」

「妳太不了解了～～」

繭彷彿打從心底感到受不了，無力地垂下肩膀。

「七海壓倒性缺乏把男生耍得團團轉的厚臉皮。」

「那種給人添麻煩的要素有必要嗎？」

「絕對必要！惹人厭的女人才受歡迎！」

「話雖如此，繭似乎始終沒能交到男朋友呢。」

彌生冷靜地向極力主張的繭吐槽。

「要妳管！」

「呃～～繭？妳被暗示是個討人厭的女人這一點，不用生氣嗎？」

「彌生，等一下我們再來好好談談吧。」

受邀的彌生連藟的話都沒聽到最後，便一肩背起大型運動包包，準備前去參加社團活動。今天她也將因為壘球社的練習而汗水淋漓吧。

「喂，給我站住，彌生。」

藟緊抓住彌生的包包。

「要離開的話，先給七海建議才能走。」

「不、不用了啦。」

「那麼，七海該怎麼做呢？被椎名同學積極猛烈追求的話，神田同學可是會被搶走喔？」

「我好歹也有在努力啦。」

「具體來說？」

「最近準備參加美咲學姊製作動畫的甄選活動……」

「這我知道。」

「該說是練習吧，請神田同學幫忙做為演戲的參考……」

「請他幫忙？」

「……找神田同學約會。」

七海有所猶豫，音量只讓藟與彌生聽到。

「沒錯，至少要找他約會……咦？妳說約會！」

「等、等一下，繭，妳太大聲了。」

對於約會這個單字產生反應的同班同學們的視線，實在叫人覺得刺痛。不過一與七海目光對上，大家便立刻將視線別開。現場一股無法言喻，讓人坐立難安的氣氛。

「呃，不好意思還讓妳們有所期待，但真的只是為了甄選的練習……是這樣的名目，所以稱不上正式的約會。」

七海越來越小聲地補充。

空太之所以會接受邀約，是因為真心支持七海想成為聲優的夢想，所以稱為約會而開心得輕飄飄，老實說總覺得很心虛。

「妳在正經個什麼勁兒！不是才叫妳要厚臉皮嗎？這種時候，理由是什麼根本不重要！」

「雖然我不認為理由不重要……不過，我會努力。」

「要怎麼努力？」

彌生罕見地插嘴了。

「呃～～牽手之類的？」

「妳是小學生啊？」

繭露骨地表現出失望。

「那、那麼，在鬼屋抱住他？」

「還差一點。」

「不、不然還有什麼？」

「接吻之類的。」

立刻回答的人是彌生，表情絲毫沒變，泰然自若。

「接、接吻，是指那個接吻嗎！那種事我做不到啦！」

「我就是這樣攻陷男友的喔。」

聽到了很不得了的發言。

「咦！」

「喔～～……咦？喂！」

七海與繭過度反應。

「妳們在驚訝什麼？」

「滿不在乎地說出爆炸性發言的人，明明就是彌生！」

繭手直指著彌生。

彌生嫌煩似的把她的手指推到旁邊。

「……妳果然有男朋友呢。」

不久前就開始從彌生身上感覺到這種氣息。她有時會很專心地打簡訊，問她「對方是誰」，她也只是說「嗯，沒有啦」隨意敷衍過去。

然後，今天也像以往一樣，彌生不好意思地將視線移向窗外。

「嗯，沒有啦……」

「為了懲罰妳一直瞞著我們，快說出對方是誰。」

繭逐漸逼近彌生。

「水高的人？」

七海也從旁發問。

「是這樣沒錯……不過是祕密。我跟他說好了。」

「三年級生？」

然而，繭不會輕易死心。

「不是。」

「那麼，是學弟嗎？二年級的？」

七海也提出疑問。

「不是。」

「不可能是一年級吧……還是畢業生？」

「都不是。」

「都不是？」

七海與歪著頭的龘對看。不是三年級也不是二年級，不是一年級也不是畢業生。但卻是水高的人……這麼一來，剩下的就是……

龘也導出了一個答案，嘴巴呈現「啊」的形狀。

「妳可別跟我說是老師喔？」

戰戰兢兢的龘小聲對彌生耳語。

「……」

瞬間，彌生的動作停頓下來。

「好了，我要去社團了。」

她故意如此說著，準備走出教室。

「啊～～給我等一下！」

「我的社團活動已經開始了。」

不聽龘的制止，彌生匆匆忙忙走出教室。

「逃跑的腳程還真快。」

「那麼，我也差不多……」

七海也想趁隙逃跑，卻被繭抓住了肩膀。

「主題是厚臉皮。可以嗎？」

「我、我會謹記在心的。」

「青山同學，現在方便嗎？」

七海聽到叫喚而轉過頭去，級任導師白山小春就站在那裡。

約好今天放學後要進行關於志願的個人面談。

「是的，沒問題。」

這麼一來就連繭也得收手了。她在旁邊喃喃自語「早知道就該去追彌生才對」。

「那麼，我們到別棟空教室去吧。」

小春率先走了出去。

七海向繭說了「先走囉」，也立刻跟了上去。

一進到別棟的空教室，首先便看到併成面對面的桌子，孤伶伶地佇立在空蕩蕩的教室裡。

「來，請坐。」

小春如此催促著，七海便坐下來。

「那麼，開始青山同學的個人面談。」

「請多指教。」

「話雖如此，不過青山同學好像沒什麼好說的呢。」

「這樣啊。」

「妳的志願調查表從第一到第三填的都是我們大學的『戲劇學系』，只是科不同而已。」

「是的。」

「因為妳的成績也在附屬大學推甄的合格範圍，只要別大意怠忽了學業，應該不成問題。」

「我會注意的。」

「對了，妳知道戲劇學系有術科測驗嗎？」

「知道。」

如同小春所說，因為在學校的成績還不錯，要說覺得不安的只有這一點。

「不過，青山同學曾經待過訓練班，應該不用擔心吧。」

因為七海不曾與小春談過這件事，突然被提出來，七海感到有些驚訝。同時，未能隸屬於事務所的舊傷，又隱隱作痛了起來……

「……訓練班的事，您是聽千尋老師說的嗎？」

「嗯。」

千尋是如何談論自己的事呢？雖然試圖想像那個場景，卻沒辦法順利想像出來。

「雖然我學了兩年的表演，結果還是沒能隸屬於事務所，老實說很擔心術科測驗。」

「那妳要不要試著向戲劇學系的學長姊們請教一下，大概需要什麼程度的技巧？我可以向大學那邊協調接洽喔。」

「……」

七海對小春意外的提案驚訝地張大了眼睛。或者該說，今天的小春跟平常感覺不太一樣。

「『咦？總覺得小春老師意外地很可靠喔』，妳是這麼想的吧？」

「……有一點。」

「真是過分啊～～竟然跟神田同學一樣的反應。」

「跟神田同學？」

「啊啊，對了，青山同學。」

小春繃緊表情，大概是想說「最好考慮一下如果術科測驗不順利的情況」吧。

「什麼事？」

七海一臉老實地回問。

「是一件很重要的事。」

「是的。」

「妳跟神田同學在交往嗎？」

「……」

七海一瞬間無法理解對方說了什麼，反覆眨了兩次眼睛。

「咦？沒聽到嗎？我是在問妳是不是跟神田同學正在交往？」

「您、您在說啥啊！」

「因為你們老是在上課時感情很要好地傳紙條啊。」

「那個才不是那種！」

「妳是承認兩人有感情很要好地傳紙條囉。感情很要好。」

「唔。」

七海因為小春的指摘，才發現剛剛是自掘墳墓。既然要否認，就該連傳紙條這一點也否認。

「無所謂啦。因為看著很開心的兩位，就超越了生氣，最近已經開始能會心一笑了。」

看來以前曾經讓她很火大。

「仗著年輕就自以為是，真是叫人很不爽。」

看起來一點也不像會會心一笑。

「小春，妳在嗎？」

七海茫然得發不出聲音，這時千尋突然打開門插話。

「啊，千尋。怎麼了嗎？」

「還問怎麼了，因為妳缺席，沒辦法進行教職員會議啊。」

相對於悠哉的小春，千尋的表情明顯露出不耐煩。

「咦～～可是我現在正在進行重要的學生個人面談耶。」

「我想面談已經結束了。」

要是自己被當成翹掉教職員會議的理由，實在讓人受不了。

「我們還正在聊戀愛的話題呢。」

「我們沒在聊那種話題。」

七海斬釘截鐵地否認。

「反正妳快過來就是了。」

千尋拉住小春的手臂。

「真是的，千尋幹嘛這麼帶勁兒啊？啊，一定是有約會吧？所以才想早點回家？」

小春千萬個不願意，收拾攤在桌上的資料，站起身來。

「那麼抱歉囉，青山同學。個人面談就到此為止。」

「啊，千尋老師。」

在千尋即將走出教室時，七海叫住了她。

「幹嘛？我可不接受戀愛諮詢喔。」

「我好歹也會選擇諮詢的對象。」

「沒想到妳講話還挺過分的嘛？」

「是關於我之前請老師保留的那件事……」

七海沒理會千尋，直接切入正題。

「那件事啊。」

千尋冷漠地望著窗外。

「我決定要離開櫻花莊了。」

「啊，這樣嗎？我知道了。我會告訴校長，也會向一般宿舍那邊轉達。」

「拜託您了。」

對話應該這樣就結束了。不過，千尋思考了一下子之後問道：

「……這件事已經告訴神田他們了嗎？」

「不，還沒。」

「喔。」

「我會找機會自己說的，請老師先替我保密。」

「我會的。要是被神田逼問『為什麼啊！』也只會搞得我很煩。」

確實，空太很有可能會這麼說。光是想像那個樣子，就覺得很可笑。

七海心想這次對話應該就此打住了。因為千尋很尊重學生的自主性，要不是什麼嚴重的事，是不會插手管的……

不過，這次不太一樣。千尋跨過門檻時停了下來，不知為何靠著門邊，視線朝向天花板。

「妳一定是覺得如果待在櫻花莊，就會開始對周圍的人撒嬌吧……不過，並非仰賴依靠他人就代表軟弱。」

語氣聽來彷彿自言自語一般。

「承認自己的脆弱而去依靠某人，就某種意義上來說是堅強。況且，妳有多仰賴別人，相對地別人也能依靠妳。這種事是互相的。」

「……」

「如果妳對『某人』或『他人』不太能理解，就想像成神田吧。」

因為一開始聽起來就像是如此，所以即使現在抬出空太的名字，七海內心也沒有動搖，只覺得千尋說的話莫名貼切。

「就老師的眼裡看來，一定覺得我在做蠢事吧。」

「明明知道自己在做蠢事，卻還是選擇愚蠢的選項，這樣的妳看起來很耀眼。況且……」

「況且？」

講到一半停頓下來的千尋，明顯露出不小心脫口而出的表情。正因如此，七海莫名在意起她原本想說什麼。就連剛才那些話也是，如果是平常的千尋，即使心裡這麼想也絕不會說出口。

「沒事。」

「都到這個地步了，怎麼可能沒事。」

七海不肯罷休地追問，千尋便緊咬下唇，露出困惑的表情。

「請告訴我。」

「……唉。」

千尋彷彿放棄似的嘆了口氣。

「況且，我也不認為現在的神田能分辨憧憬與愛情的不同。」

「……」

剛才不以為意的空太這個名字，這次卻讓心臟猛烈跳動了起來。

「同樣的，也會有誤認愛情與友情的狀況吧，尤其是在你們這個年紀。」

說完話的千尋一臉「真是失策」的表情搔著頭，髮型整個亂成一團。

「倒也不是說這樣就如何。我不是神田，妳也不是神田。實際上根本不知道對方的感情，說不定連神田本人都不清楚。」

「……老師也是這樣嗎？」

七海卻如此回應。比起空太的事，現在的七海對現在說出這些話的千尋更有興趣。

「誰知道呢？再過十年，妳也會明白的。」

千尋的眼神說著「所以不用急著找答案」。這樣的答案沒有意義，自己去察覺感受到的才有意義。千尋應該是這個意思。

「謝謝您。」

「我沒說什麼值得妳道謝的話。」

這時，小春又小跑步回來了。

「我說千尋啊，不是要開教職員會議嗎？」

「我不重要，你們先開始吧。」

「這是跑來叫我的千尋該說的話嗎？」

「啊～～是、是，我去開會總行了吧。真是，麻煩得要死～～」

就這樣，千尋與小春互相抱怨，聲音逐漸遠去。

一個人留下來的七海，托腮望向沒寫任何東西的黑板。

因為千尋與小春的關係，現在滿腦子都是空太的事。

「約會……該穿什麼去才好呢？」

因此，剛才個人面談的事已經忘得一乾二淨。

3

第一次與空太交談，大概是兩年前……七海剛進水高的四月中旬吧。

因為級任導師託她轉交值日生日誌，所以才出聲叫他。

「神田同學。」

雖然很普通地叫了他的名字，抬起頭的他卻直發愣，彷彿遇到了不可思議的動物。所以七海還以為自己搞錯了名字，內心有些慌張。

「怎麼了？」

空太驚訝的理由在於聽不慣的關西腔，不過這時七海尚未察覺這點，也沒特別深入思考。

對七海來說，空太只不過是偶然同班的一名男同學，其實也只是能把他的長相與名字搭在一起而已……老實說，空太的反應根本一點也不重要，也完全不在意他又是如何看待自己的。

之後再次談話是介於春夏之間的時節。

某天放學後，七海正要回一般宿舍的路上，看到在校門前聚集了一些人群。

好奇是什麼事而探頭看了一下，便看到被放在紙箱裡的小貓被丟棄在那裡。

路過的水高學生會摸摸牠的頭說好可愛，或者拿帶來的零食餵牠吃。

然後對此感到滿足，結果所有人都只是路過而已，想要帶小貓回家的學生一個也沒有。因為水高學生有許多是住宿生，所以也沒辦法，一般宿舍嚴禁養寵物。

這時，七海又注意到了一位學生接近紙箱。正在觀察他會怎麼做時，他既沒有摸小貓的頭，也不是餵食飼料，而是蹲在小貓面前，將紙箱整個抱了起來，宛如撿起自己的東西那樣自然。

這個學生就是空太。

空太一邊留意四周，一邊對紙箱裡的小貓說話。接著沒有特別猶豫，便快步走向一般宿舍的方向。

七海想都還沒想，身體就先動了起來。

她追上空太的背影叫喚：

「神田同學。」

「呃……青森同學？」

轉過頭的空太，露出些微困惑的表情。

「那是在本州的最北邊。我是跟你同班的青山七海。」

「沒錯，是青山。」

「沒想到你還沒記起來。」

「不，我已經記得了，只是名字想不出來。」

「我想那就叫做不記得吧？」

「我這次一定會記得的。」

空太敷衍般笑了。

「你打算把那隻貓帶回宿舍嗎？」

「是啊。」

「還『是啊』……宿舍是禁止養寵物的喔。」

「說的也是。這是個問題。」

嘴上這麼說，卻看不出他有特別煩惱。

「女舍監會發火喔。」

「如果光是這樣就能解決，那倒還好。」

「不，一點也不好吧……」

總覺得對話朝著意想不到的方向發展。這一刻，七海對於原以為很普通的同班同學，感受到了不協調感。

跟班上其他男同學有些不同，他一個人與其他人有著不同的顏色。最剛開始的變化大概是這樣的感覺。

完全沒有一見鍾情那種輕飄飄的情愫，硬要形容對空太的印象，「怪人」應該比較貼切。

要是這麼告訴空太，他一定會極力反駁：

「才沒那回事！我很普通！」

然而，一般人即使看到棄貓也會視而不見，只是表現出「好可憐喔」的態度，便覺得自己已經盡到了責任。

這樣並非不好，實際上確實有些莫可奈何的事，就連七海也是，拿「宿舍裡頭不能養」的藉口當免死金牌，原本也打算就這樣路過。對此沒有人能夠責難。

所以她對這件事並沒有太大的罪惡感，直到空太撿了貓……

會向抱起紙箱的空太攀談，大概也只是想甩掉對決定視而不見的自己感覺到的心虛吧。撿了貓的空太；視而不見的自己。也許是想填補心中微微萌生的罪惡感，想找出理由，想要覺得「空太並不普通，自己才是一般」而感到安心。

這時，七海是以完全不同於愛情的目光觀察空太。

空太撿到的小貓，命名為小光。

似乎是取自新幹線的名字。雖然空太是基於什麼樣的大腦活動決定的仍是一團謎，不過總覺得純白色的小貓咪跟小光的名字很搭。

飼養小光一事是僅屬於空太、七海，還有空太的室友宮原大地三個人的祕密。

一邊照顧貓咪，七海與空太也變得越來越常交談。

在聊天當中得知空太原本就是在這個城鎮長大。據說是才剛收到水高的錄取通知，父親的工作地點有了調動，便只留下空太，全家人都搬到福岡去了。

因此他對當地的紅磚商店街也很熟悉，橋本烘焙坊的頂級波蘿麵包也是從空太那裡聽來的。其他還有像是學校的作業、有趣的漫畫、昨天看的電視節目，還有像是只耳聞過的水高文化祭實際上是當地的祭典，熱鬧得不得了……兩人聊了許多像這樣不是很重要的事。

曾幾何時，七海也開始跟空太聊起夢想的事。

「我在訓練班上課的事，不可以告訴別人喔？」

「為什麼？」

「現在已經不流行擁有目標而去努力這種事了吧。」

「這樣嗎？我可是覺得很羨慕喔。我就是因為想尋找會想認真地……該說是目標吧，所以才會放棄足球。」

如此說著的空太側臉，看起來彷彿呼吸困難，正在強忍著什麼似的，是從未見過的無奈表情。大概是覺得難為情，他完全不與七海對看。

正因如此，他的話聽起來不像只是表面，而是平常不顯露出的真心話。空太這席認同七海的話，對於不顧父親反對，從大阪隻身來到這裡的她而言，即便微小卻是確實存在的支持。

「……謝謝你。」

「謝什麼？」

「不懂也無所謂。」

「可是我不覺得無所謂耶？」

大概是從這個時候開始，回過神來，發現自己的視線已經開始追著空太……

每天會用眼角餘光確認差點就要遲到的他的身影；體育課會在穿著體育服的男同學集團中尋找他，如果能立刻找到，就覺得今天會是美好的一天。當注意到的時候，已經變得不論身在何處，都能輕易發現他的身影。

有的時候發覺空太的一個習慣，便會在筆記本的角落記起來。每當他在中午吃麵包時，也會挖苦他每次買的都是可樂餅麵包。

飼養貓的事被學校發現，空太被流放到櫻花莊之後，總覺得距離突然拉遠而感到不安。宛如要彌補這不安似的，變得更加意識到空太的存在。

也曾開玩笑地想過「不然搬去櫻花莊好了」這種事。

當時當然沒想到在二年級的夏天，這件事真的實現了……

但現在回想起來，一年級發生的那些事，只不過是意識到空太的微小契機罷了。

升上二年級之後，周遭的環境都變了。

真白插班進入水高，感情便開始大動作疾走。

七海發現空太的視線、聲音、笑容……一切全向著真白，胸口便開始隱隱作痛。

這樣的痛楚直到又過了一年，升上三年級的現在還未消失，反而隨著時間流逝變得更強烈。

四月二十九日，黃金週的第一天。

兩人來到距離港邊很近的遊樂園，為了五月三日舉辦的甄選進行練習的約會。

——這個痛楚要如何才能消除呢？

面對坐在圓桌對面的空太，七海在心中輕聲提問。但空太並沒有回答，現在正專注地大口吃著漢堡。

在前往鬼屋的途中，空太的肚子咕嚕作響，所以決定先吃點什麼東西。桌上放了兩份附有薯條與飲料的漢堡套餐。

「神田同學，這樣狼吞虎嚥可是會噎到喔？」

「又不是漫畫……唔！」

才這麼說著，空太便發出痛苦的聲音。

他慌張地伸手拿果汁，含住吸管，卻立刻發出已經喝完的滋滋聲。

「真是的，我不是才說過嗎？」

七海立刻遞出自己的果汁。

接下的空太咕嚕咕嚕喝著七海的果汁。

「……」

七海看著他的樣子，這才注意到一件事。剛才自己才用過那根吸管……

「呼～～得救了。」

「小、小心一點啦。」

「嗯，謝啦。」

空太說著，一臉天真地把果汁放回七海的餐盤上，視線便反射性朝向吸管。

「……」

「……」

兩人陷入莫名的沉默。

七海往上看著空太，只見他露出像是難為情又像困惑的表情。他大概是看到七海的反應，才察覺到這件事吧。

「我、我不喝了，你可以把它全部喝掉啊？」

在雙方都意識到的狀態下，實在沒有伸手拿果汁的勇氣。

「不、不，我也已經飽了。」

「這、這樣啊……」

「嗯、嗯……我們也差不多該去鬼屋了。」

「嗯、嗯，就這麼辦吧。」

七海追上先站起身的空太，也把漢堡包裝紙丟進垃圾筒，返還塑膠餐盤。

──接吻之類的？

這時，七海的腦海裡閃過之前彌生說過的話。

離開鬼屋後，天色已經完全暗了下來，點亮照名的遊樂園區內，展現出與白天不同的風情。全家出遊的觀光客也許都回家了，幾乎聽不到小朋友的聲音。相反的，周圍的情侶檔變得很醒目。

──我們看起來也像那樣嗎？

七海沒有出聲提問的勇氣，因此只是在心中默默問著並肩而走的空太側臉。

肩膀幾乎要碰到了。

這也難怪，因為兩人的手牽在一起。

十指緊扣牽在一起的兩隻手，也就是所謂情侶牽手。

在鬼屋裡緊握的手，離開鬼屋後也沒放掉。

要是能一直這樣下去就好了……七海一邊想著一邊又在意起手汗，一度曾經想要放手。不過要是放開這隻手，也許就再也回不去這個狀態了。七海心中劇烈搖擺不定。

空太完全沒察覺七海的心境，聊著擔心四月很快就被流放到櫻花莊的一年級生。

「……」

好不容易兩人獨處，為什麼卻是聊這個話題？

「嗯？妳在生什麼氣？」

似乎是不滿已經顯現在臉上了。

「我沒有在生氣。」

「這樣嗎？那就好……接下來要做什麼？」

七海拉住在十字路口準備直走的空太的手，轉過身去。

「我要搭那個。」

接著這麼說著，以還緊握著的手指著前方。

筆直延伸的主要道路前方，是被燈飾點綴得五彩繽紛的巨型摩天輪，搭載著許多情侶，緩緩地轉動著。

四月二十九日。

這天七海的日記裡有好幾個寫了「接吻」之後又被亂七八糟塗掉，再次寫了「接吻」後同樣又被擦掉的痕跡。在那一頁的最後，只寫了小小的「喜歡你」。

4

五月二日，黃金週結束後的週一。

感覺漫長的上午課程結束，鈴聲終於響起。

「唉～～」

七海確認隔壁座位的空太動作迅速地走出教室後，便發出大大的嘆息，趴在桌上。

「怎麼辦……」

接著吐露出叫人幾乎要窒息的煩惱。

「欸、欸，這是怎麼回事啊？」

抬起頭來，只見帶著便當的繭在前面的座位上坐下，帶著困惑與好奇各半的眼神看著七海。

另一旁，彌生也不發一語走了過來，右手拿著福利社的麵包，左手則是便當盒的袋子。參加運動社團似乎很容易肚子餓。

「什、什麼怎麼回事啊？」

「兩位的樣子看起來顯然都很怪異啊。」

「兩、兩位是指？」

「七海與神田同學。」

繭凝視七海的目光訴說著「不用我說，妳也明白吧」。因為是當事者，七海當然很清楚，從不覺得自己能順利蒙混過去。

「約會時發生了什麼事吧？」

彌生大口吃著炒麵麵包，一語道破。

「呃、呃，那個……」

在摩天輪裡發生的事又閃過腦海，七海滿臉通紅，無意識用手指觸摸嘴唇。

對於這個反應，繭與彌生對看了一眼。

「詳細說來聽聽吧。」

繭把尖端呈叉子狀的湯匙當做麥克風，伸了過去。

「黃金週的第一天，跟神田同學去遊樂園約會了。」

「這我知道，我是問內容。首先，你們做了什麼？」

「坐了雲霄飛車之後……」

「之後？」

「讓頭昏眼花的神田同學躺在大腿上……」

說出口實在讓人害臊，七海自然而然越來越小聲。雖說只是做為甄試的練習，不過還真是做了很大膽的事呢……

「唔哇，七海真是狂熱啊。」

「不、不是啦！那、那是練習！劇本有那樣的場景啦！」

「是是，然後呢然後呢？」

「在鬼屋裡面牽手了。」

手上還殘留著緊握的手的觸感，輕柔緊扣的手指與手指……

「後來呢？」

「只、只有這樣。」

「妳說謊！」

繭揮舞著戳著章魚小香腸的湯匙。

「從兩人的態度看來，應該還有什麼吧。」

就連彌生也一搭一唱說出這種話。

「那、那個……只、只是最後還搭了摩天輪而已……」

「喔，然後咧然後咧？」

藺一臉興奮地逼近過來。

「……就做了。」

「做了什麼？」

「接吻。」

「咦咦！」

藺誇張地雙手舉起向後仰。

「不、不要那麼大聲啦。」

在教室裡吃中餐的同學們，視線全集中在七海等人身上。

「告白了嗎？」

「這倒是還沒……」

「就先親了？七海真有一套呢～～！」

「喔～～這真是叫人驚訝呢。」

就連平常冷靜的彌生，也罕見地顯得很興奮。

「啊～～真是的！明明是藺跟彌生先說的吧。」

雖然沒打算轉嫁責任，不過語氣卻開始鬧起彆扭。

「抱歉，沒想到妳真的照做了……不過，幹得好！」

「嗯，而且不是立即見效了嗎？一看就知道神田同學已經意識到七海了。」

對於彌生的發言，繭雙手交叉放在胸前，用力點頭稱是。

「他那個樣子完全就是意識到了，絕對滿腦子都是七海的事。」

「真是這樣的話，我會很開心……」

七海發現自己不經意說出真心話，連忙抬起頭來，看到的是繭與彌生滿足似的眼神。

「那麼，感覺如何？」

「什麼感覺如何？」

「當然是親嘴的感覺啊。」

繭看起來很高興，露出滿面笑容。

「這、這不重要吧。」

七海把臉別開。

「怎麼可能不重要！」

不過被繭用雙手夾住臉頰，又轉了回來。

「來吧，快從實招來！」

「那、那個……該、該怎麼說呢……」

「該怎麼說？」

「神田同學的身體出乎意料很大呢。」

「不，沒人在問妳做過之後的感想。」

「我、我們才沒做！」

因為靠近接吻，所以也隱約感覺到身型大小。

「這、這個話題到此結束！我當時已經到達極限了，所以根本記不清楚！」

這番話有一半是真的，另一半則在撒謊。空太嘴唇的觸感，現在還明確地烙印在七海的身體。吐息的溫度還有圍繞著空太的氣味，至今也還沾染在身上不願離去。當然七海自己也不希望這些消失……

「咦～～至少也有個感想吧？」

繭死纏爛打，緊咬不放。

彌生也瞥了七海一眼，等待她開口。

「就算妳問我感想……」

「實際體驗了以後覺得如何？」

「與其說覺得如何……也許我弄清楚了一件事。」

沒錯，已經明白了。

「喔喔，那是什麼？」

「就是我……真的很喜歡神田同學呢。」

「……」

「…………」

聽了七海的話，繭與彌生都張著嘴發愣。兩人的目光彷彿說著「事到如今還在說什麼啊」。

「所、所以我才不想講……」

七海依然鬧彆扭地張口吃著便當，完全是自暴自棄地猛吃。

「唔哇～～七海真的在談戀愛呢。」

繭自說自話，終於把章魚小香腸放進嘴裡。

「感謝招待。」

彌生則如此說著。因為麵包還沒吃完，這句「感謝招待」似乎是針對七海的反應。

「啊～～我也來找個喜歡的人吧。」

用吸管喝著茶的繭，不知道有幾分認真。

「那繭就得先長高吧。」

彌生把手放在她的頭上。

「談戀愛跟身高無關吧！啊，對了，七海！」

「什、什麼事？」

「那個被流放到櫻花莊的一年級生啊！把他介紹給我吧。平常一臉發呆的表情，不過我之前看過他彈鋼琴的樣子，感覺很不錯呢。」

「勸妳不要考慮伊織學弟比較好喔。」

「為什麼？」

「因為他說對小胸部的女生沒有興趣……」

不只身高，整體而言屬於嬌小型的藟，一定不在他的戀愛對象範圍內。

「啊～～怎麼每個人都只看胸部啊！」

「別在意。」

彌生把手放在藟的頭上。

七海聽到這樣的對話，自然地露出笑容。

突然覺得煩惱著該以什麼樣的表情面對空太的自己很愚蠢。

已經明白導致胸口疼痛的情愫是什麼了。開心、難過、揪心、難為情、沒趣、生氣……面對空太，各種情緒會一個個接踵而至，正是因為喜歡他。

因為空太的一句話而受到鼓舞，感覺飄飄然，或者陷入沮喪，也全都是因為喜歡他。因為最喜歡他了……

只是因為這樣，只是這樣的事。

不過，絕非微小的情感。

是一直萌生至今的重要情愫。

所以想率直地傳達給他。

將心中所有的情感全部傳達給他……

空太所給予的喜歡空太的這份感情……毫不保留地傳達給空太吧。

——人家亂喜歡神田同學的。

後記

這次是第二本短篇集。

在下是鴨志田一。

住家附近似乎有白鼻心出沒，是體型比鼬大一些的生物。據說會穿破民家的牆壁，住在屋頂和天花板之間。

因為常在惹麻煩動物特輯的電視節目上看到牠大顯身手，所以知道牠的存在，只是沒想到會出現在周遭，因此嚇了一大跳。不過偶爾倒是會看到狸貓。

這個話題先放一邊，來進行短篇集固定會出現的……雖然還沒累積到那麼多數量，還是來進行各篇的小解說。

〈學生會長的皓皓女孩 上〉

剛開始只是暫定附上的標題，不過荒木責編說「這個標題很不錯呢」，於是便得意忘形地這麼決定了。

〈學生會長的皓皓女孩 下〉

〈學生會長的皓皓女孩 上〉的續篇〈下〉。以上，解說完畢。

對不起，我是開玩笑的。

剛開始並沒有寫成前後篇的打算，預定是約六十頁長度的小短篇。然而，一旦開始認真構思學生會長與皓皓的初識過程，內容便膨脹了三倍之多。

與荒木責編商量「可以寫成前後篇嗎」，結果獲得「很不錯啊！」的回應，於是再度得意忘形地寫了起來。

順帶一提，姬宮沙織——皓皓是負責插畫的溝口老師喜愛的角色。在此擅自洩漏一下。

〈感冒的寵物女孩〉

這是介於第六集與第七集之間，發生在春假期間的一段故事。在這篇故事中，真白得了感冒，卻是被空太傳染的。這段故事在廣播劇ＣＤ當中有所描寫，有興趣的讀者請聽聽看。

〈青山七海更少女的春天〉

這次也是，如果各位能先徹底遺忘這是由一個年過三十五的大叔所寫的故事再閱讀，個人將感激不盡。

就是這樣的四篇故事。

這次也受到各相關人員的大力協助。

感謝各位一直陪伴到後記。

下次第八集將會在秋季。

鴨志田一

國家圖書館出版品預行編目資料

櫻花莊的寵物女孩. 7.5 / 鴨志田一作 ; 一二三譯. --
初版. -- 臺北市 : 臺灣國際角川, 2013.03
面 ; 公分. -- (Kadokawa fantastic novels)

譯自 : さくら荘のペットな彼女 7.5
ISBN 978-986-325-236-8(平裝)

861.57 101027947

Kadokawa Fantastic Novels

櫻花莊的寵物女孩 7.5

（原著名：さくら荘のペットな彼女 7.5）

2013年3月15日 初版第1刷發行
2023年10月2日 初版第11刷發行

作者：鴨志田一
插畫：溝口ケージ
日版設計：T
譯者：一二三

發行人：岩崎剛人
總編輯：蔡佩芬
編輯：孫千棻
美術設計：吳佳昫
印務：李明修（主任）、張加恩（主任）、張凱棋

發行所：台灣角川股份有限公司
地址：104台北市中山區松江路223號3樓
電話：（02）2515-3000
傳真：（02）2515-0033
網址：www.kadokawa.com.tw
劃撥帳戶：台灣角川股份有限公司
劃撥帳號：19487412
法律顧問：有澤法律事務所
製版：巨茂科技印刷有限公司
ISBN：978-986-325-236-8